鹿鳴呦呦

—— 鄉下人的故事
—— 望彩虹

林葉連 著

天空數位圖書出版

自　序

　　本書屬於傳記文學，之所以取名為《鹿鳴呦呦》，是因為與我故鄉的地名有關；也和《詩經》的句子有關，《詩經》則是我專研的學術領域。本書分為前後兩編，前編《鄉下人的故事》是我簡要記錄自己從小成長的地方以及成長的過程；因為我的童年在南投，這裡令我體認到極其難忘的經歷，以及享受最大的幸福感。後編《望彩虹》是我在就讀碩士班時候一段感情遭遇的自述，大部分篇幅完成於民國 73 年（1984），少部分是最近補寫的。這份稿件之所以擱置至今，是鑑於人總是不斷在學習和成長，思想情緒的調整也是這樣；好比香蕉、木瓜，勢必等到它們熟成了，才能吃。

　　關於書中所提內容，秉持「非真不寫」的原則，所以幾乎沒有誇張創造的表現，實際上也沒有心緒加入任何創造。第二單元尤其令我感慨莫名，總覺得一件交女朋友的事，對於我本人以及我家人的顏面、身體、心靈都造成莫大的創傷，實在始料未及。所幸雨過天青，還算平安度過。明年我就要屆齡退休，藉由此書，至少可以見證我曾年輕過，不僅走過，而且留下痕跡。

　　記得琦君在〈關於橘子紅了〉一文中曾敘述：「如再不寫的話，我那些敬愛的親人長輩刻骨銘心的創痛，默默認命的受苦與犧牲，豈非永不為世人所知？我又豈能甘心？又怎麼對得起他們呢？」平凡的人也有他「敝帚自珍」的理由，於

是可能將自己周遭的生活經驗寫下來，留些個人生活的紀錄。我回憶從小至今的人生旅程，南投、彰化、雲林、臺北大安區、桃園龜山區都和我的居住生活有緊密的關係，各別有我不少的足跡，也留下深刻的回憶。而本書特別以南投故鄉的點滴為鋪墊，然後加上其它成長經驗，是由於在退休前夕，要表達落葉歸根的心意。其中有美好的部分，可讓我重新回味；令人不愉快的部分，可供我檢討和改進之用。無論如何，經一事，長一智，但願今後所遇，事事皆能朝著美善的結果發展。

寧靜的生活是一種無比的幸福，我的理念向來如此。我幾乎從不和別人爭什麼；退休之後，生活想必更加寧靜。在我的腦海中，只有讀書和太極拳這兩項活動是最能讓我感到快樂的，心中的喜悅和飽足感，「如人飲水，冷暖自知」。因此，我已經做好心理準備，即將成為快樂的老人。

林葉連謹誌
於雲科大漢學所
2023 年 10 月

目　次

自序｜03

第一單元：鄉下人的故事｜09

一、鹿的故鄉｜10

（一）鹽商鬆一口氣的地方……………………………10

（二）由鹿堀改稱鹿鳴……………………………11

二、村民的生活｜12

（一）樸質勤勞的村民……………………………12

（二）十八彎古道……………………………13

（三）漢文與日文的較量……………………………15

（四）金天寺與葫蘆潭……………………………18

（五）我的鄉土童年……………………………22

三、宗族裡的貪瞋癡｜28

四、和樂新住家｜35

五、風水與家運｜40

六、體驗靈異｜43

七、物換星移｜51

八、盼鹿再來｜53

九、打拼的精神｜62

第二單元：望彩虹｜67

第一章　聽演講，遇見馮青｜68

第二章　尋獲｜72

第三章　第一次約會｜74

第四章　碰壁｜80

第五章　誰謂河廣，一葦杭之｜83

第六章　讓她有美好的回憶｜86

第七章　經濟話題｜88

第八章　破壞｜92

第九章　請妳抉擇｜99

第十章　衝突｜109

第十一章　上山住宿｜113

第十二章　第三者｜123

第十三章　發誓｜125

第十四章　兩個禮拜｜128

第十五章　了斷｜135

第十六章　似有可疑｜142

第十七章　打籃球｜146

第十八章　新學期｜151

第十九章　玉照｜156

第二十章　惹火恩人｜162

第二一章　勞而無功｜168

第二二章　家人瀕臨崩潰｜174

第二三章　漸趨明朗｜181

第二四章　住院、花瓶｜195

第二五章　函訴衷情｜202

第二六章　口試前後｜206

第二七章　震驚｜208

第二八章　第二次約會｜212

第二九章　服完兵役，進博班｜219

第三十章　選對象的期限到了｜222

第三一章　結婚｜223

第三二章　星座觀點的確認｜228

第三三章　新階段，新旅程｜234

後記｜238

鹿鳴呦呦

第一單元

鄉下人的故事

作者三歲時搬過來的三合院

鹿鳴呦呦

一、鹿的故鄉

（一）鹽商鬆一口氣的地方

鹿鳴古稱鹿堀，位於南投縣名間鄉廍下村。廍下村由兩大村落組成，東半地勢較低，名為廍下；西半比較高，稱為鹿鳴。

自古以來，「百里不販樵，千里不販糴」，人們不做無利可圖的買賣；但鹽是無可替代的日常必需品，鹽商們得遠從彰化鹿港出發，辛辛苦苦地挑著鹽前往南投地區販賣，甚至深入山區，抵達埔里一帶。半路上有個行商們息肩歇腳的地點，很多人慣於在此把業已磨破的芒鞋草履換掉，久而久之，形成草鞋高堆，這個地方因此被取名為「草鞋墩」，也就是今日的草屯。

南投縣以多山聞名，來自鹿港的鹽商必須長途跋涉、翻山越嶺；儘管面對滿目青山，大多無心觀賞。他們只知道，為了生活，為了銷售，再怎麼深山野墺也值得前往。行商的路線總是沿著山腳下迂迴曲折前進，大體上還談不上特別艱苦；可是，從彰化縣起程不久，當他們走到社頭鄉的清水岩，就非得面對嚴峻的考驗不可。

坦白說，「山腳人」想賺「山頂人」的錢，怎麼可能逃得了登山這一關呢？那個挑著重擔而登山的考驗就是十八彎古道，以清水岩為起點，是一條典型的羊腸小道，碎石路蜿蜒而上，沒有欄杆扶手，只容人行，不能行車，尤其是古道

的末端更形陡峭。他們挑著重擔，克服艱難險阻，氣喘吁吁的抵達頂端，面對豁然開朗的新景象，不僅如釋重負，更有重獲生機的感覺。這裡就進入南投縣境了，眼前立即有一小座土地公廟映入眼簾。不過，在清朝時代，這裡依然盡是一片濃密而蒼翠的森林，向東緩緩下坡；這個村莊稱為鹿堀。若逢晴空萬里的日子，在這裡可以遙指雄偉壯麗的中央山脈以及東南側的玉山和阿里山。

（二）由鹿堀改稱鹿鳴

從未開發時期一直到清朝，鹿堀地區始終是森林茂密的地方，樹林間遊走或跳躍的動物，以野鹿、山羌、猴子、竹雞、穿山甲、果子狸、野兔為最多。其中有個原先相連的二塘後來合而為一的葫蘆潭，又名葫蘆堀。「堀」本來是洞穴或窪地的意思，閩南語「水堀」則是「池塘」，而這個葫蘆狀的水塘為平日野鹿等動物飲水的地方，這個地方連同池塘於是都被稱為「鹿堀」。就鹿而言，「鹿堀」的意思是：鹿洞，或鹿的巢穴，也是鹿的飲水池。

鹿堀北邊遠處是一排屏障山丘——橫山。南鄰的村落以生產鹿皮聞名，所以被稱為皮仔寮，後來改名為錦梓村[1]。鹿堀往東南步行約三十分鐘，森林東方出口處有商店，因此，該地被取名為「林口店」，後來，民國政府不查原委，鑑於「林」「藍」的閩南語讀音相同，這個地名就被寫成「藍口店」一

---

[1] 皮仔寮，為了優雅，改名為錦梓村。後來因為鄉村人口外移，人口稀少，現在已被併入赤水村。

一那是鹿堀的另一個隔壁村落，名崗國小座落於此，也是鹿堀小孩讀國小的地方。

現在的我，只能憑空想像，鹿堀在清朝時期，是一片綠蔭蔽天，蒼翠蓊鬱，鳥語花香，落英繽紛的樹林，林下遍地是町睡鹿場。然而，曾幾何時，人們經年累月「逐鹿」之後，在清朝末年，野鹿已被獵捕一空。並且，住民胼手胝足以啟山林的結果，除了橫山依舊保有林地，平野的樹木已被砍伐殆盡，開墾成一塊塊旱田。起初，此地村民想必寥寥無幾，後來陸續有外地人移入，全村櫛比鱗次、秩序井然地蓋起青一色的平房建築。在自來水未裝設之前，葫蘆潭是村民自由挑水飲用的地方。

國民政府收復臺灣，鹿堀的地名改稱「鹿鳴」；幸運保存的「鹿」字，足以見證此地居民以往生活的環境和樣貌。

二、村民的生活

（一）樸質勤勞的村民

鹿堀是一個幽雅靜謐的小農莊，村民彼此相識，雞犬之聲相聞；此地先民為了生計，無不孜孜矻矻，篳路藍縷，備嚐艱辛。

新闢的田園和依舊樹木茂密的橫山是鹿堀居民賴以謀生的憑藉，人人悉心戮力，共同打拼；他們不容許具工作能力的人成天無所事事，游手好閒，或息偃在床、耍死狗。此

地「做穡人」多見樹木少見人，日出而作，日入而息，好似遺世獨立，悠游自在。放眼望去，到處是竹籬茅舍、蓬戶甕牖、土牆草茨；儘管褐衣或許不完，但皆安分守己，克勤克儉，腳踏實地，只顧不違農時，自食其力。日食三餐，夜眠一覺，就算無量壽佛；他們咬得菜根，安於白莧紫茄、一肉之味，固窮守分而甘之如飴。

葫蘆潭下方田園的一個角落，不斷有「出泉」現象，村民排了一些平板的中型石頭，婦女小姐們每天早上習慣匯聚在泉水下方洗衣服，談笑聲夾雜著搗衣聲，是農村勞動之歌的前奏。

這裡的婦女們幾乎目不識丁，但說也奇怪，她們的血脈之中，似乎都流貫著傳統儒家的精神，人人懂得持己端方，循規蹈矩；言行舉止，中節合度。一般社會女性也許珍惜玉手，平日下足保養工夫，無微不至，但這裡荊釵布裙的農婦們不求十指纖纖，她們知道所謂「離化妝檯越近，離家事越遠」的道理，一致肯定勞動的手才是高貴的手，重視心靈，忽略軀殼。所以，她們總是不遑寧處，把家務料理得十分乾淨整潔，停當妥貼。

（二）十八彎古道

「靠山吃山，靠水吃水」，鹿堀的居民必須和彰化社頭一帶的山下人互通有無，所以，此地男子總是風塵僕僕，夙夜匪懈，天還沒亮，就忙著上山砍木柴、挖樹頭；一旦小有成果，即使天空還掛著殘星，也要趕忙出發，挑著木柴重擔從

十八彎古道緩緩下去，抵達彰化縣叫賣。返程則購買山下的米、菜和日用品回家。有時冒著風雨，有時頂著烈日，其實這個任務既艱難又危險，狹窄的山路，腳下有一側是深坑，男人挑著擔子，步步驚心，不容有絲毫閃失，家中妻兒無不時時懸腸掛肚，神魂為勞。

這個村子有許多倔傻老人，實與十八彎古道密切相關，在過去忙碌打拼的人生旅途上，他們常冒著風霜、背負重擔，經歷無數的摧折。一旦步入老年，他們成天在村裡悠然暢寄，臉上展露著滿足和自傲，宛如一盆盆價值連城的老松盆栽，又像一株株蒼勁而墨意十足的古梅。好似在無聲中透露一些心裡話：「我們過的不是白混的人生」。在此寫一首詩做紀念：

> 慣見老人駝背影，古道成型十八彎，
> 咬牙拼搏留印記，火炬薪傳照人間。

（〈十八彎古道〉）

後來民生經濟稍微改善，鹿堀的居民由半農半樵進化為純粹的農夫，山下人逐漸使用煤碳或瓦斯生火，不需購買木材了，更加上汽車的使用日益普遍，社頭地區的人可以經由彰化縣的田中稍微遶個路即可抵達南投縣，以致十八彎古道的功能被另一側的汽車道路完全取代。鹿堀人逐漸鮮少挑東西下山叫賣，鹿港一帶的鹽商也不用經過這一條險路，十八彎古道從此走入歷史，幾乎一度消失在荒煙蔓草中。

（三）漢文與日文的較量

　　清朝康熙即位的第二年，1662 年鄭成功從荷蘭人手中收復臺灣，此後，大批福建人陸續遷來臺灣。據說我的祖先林文炳，在九歲的時候，由他的舅舅從福建漳浦縣帶來臺灣定居。我家的祖先牌位上面所記載的第一位人名就是林文炳，現在恐怕不容易往上考證源頭了，我們也不知道他的舅舅是何姓名，反正只是社會上默默無聞的底層人物。乾隆年間，爆發於彰化的林爽文事件平息後，臺灣局勢恢復安定，我的祖先開始搬到南投縣名間鄉的鹿堀；當然，其他各姓也陸續搬過來。

　　清朝末年，鹿堀的住民從狩獵逐漸轉型為務農，村落肇造，這裡出生的小孩難免野調無腔，樸素無華，與一般社會中的士大夫階層相距甚遠；但這種情況不久即獲得改善，因為有一位懷瑾握瑜、經明行修的先生，攜家帶眷，隱居於此，過著淡薄清高的日子；他們懂得從外地購進書本，開班教導兒童誦讀古書，使這個村子漸趨開化和文明。

　　他們唸的傳統古書或是消遣性質的歌仔冊，都是用閩南語發音。《重修臺灣府志・卷二十四・藝文五》描寫清朝時期臺灣小孩接受中原文化的薰陶：「何物兒童真拔俗，琅琅音韻誦〈關雎〉」的情形，在鹿堀就能真實看到。在當時，閩南語習慣上把《詩經》說成《經詩》。

　　這裡的村民曾聽聞林爽文之亂帶給當事者林氏家族悲慘的下場，因此，本莊的林姓人家，對於世局政治大多異常冷漠，幾乎本莊未曾出現政治家庭。而遷居本莊的這位私塾

先生酷愛世外桃源，一心想要將所學的四書、五經點滴平實
地傳授給村中小孩，而不以功利為目的。他發蒙啟蔽，循循
善誘，試圖帶動此地的文風。幾年讀經的成果使鹿堀這個偏
僻的地方澡雪精神、別開生面，人人盡知問安視膳之禮，樂
盡斑衣戲彩之孝；小孩子怡怡然承歡膝下，老年人欣欣然含
飴弄孫，已然是個典型的安老懷少的好地方。

　　村民大致上認為耒耜之勤即可立身處世、養家活口，所
以普遍展現傲骨嶙嶙之姿，都說：「要看地面，不看人面」；
平素愛好頂天立地、炳若日星的風格；古人有所謂「拉住狀
元喊姊夫」趨炎附勢、諂笑脅肩的油滑行徑，在質樸的農人
眼裡，都要受到鄙視。他們宅心仁厚，性情溫文；清淡寡欲，
與世無爭。由於堂堂正正、潔身自好的民風遠揚，因此鹿堀
一帶被讚譽為：「簡直不必官廳」；一切呈現欣欣向榮而陶然
自得的氣象。

　　但純樸溫厚的民風可能在一點一滴的流失之中嚴重變
質，清光緒 20 年（1894 年），中日爆發甲午戰爭，次年訂立
馬關條約，割讓臺灣給日本。日本的統治之車壓入本莊之初，
家家戶戶依舊忙於農作，家長們的傳統觀念也都能與往常沒
兩樣，而小孩受教機會掌控在日本人手裡，日本政府所經營
的學校，當然是教日文和日本文化。日復一日，年復一年，
被教育出來的新一代，具有日語能力，知曉日本規矩，卻不
知中華傳統文化為何物。

　　本村莊往日的私塾，至此已被冠以「讀暗學仔」之名，意思是「私下學習」，而日趨式微。家長們被迫接受日本政府一波接著一波、如火如荼的皇民化運動，同時考慮到眼前實際效益，期望下一代趕緊學到有用的知識，以便長大之後在社會上具有競爭力。

　　幾年下來，這裡的新生兒幾乎都取日本名字，小孩子在學校唸日語，大人出入社會也要使用日語，幾乎已經到達不講日語就買不到車票，也接洽不了公務的地步了。大家領悟到「日語萬用」、「漢文無用」的社會現實，在急著學會日語已經刻不容緩的情況下，有誰願意浪費時間去接觸中華傳統文化？既然不知中華文化，就不可能深入了解固有的傳統美德，只知道要聽「大人」（警察）的話，而且要效忠日本天皇。

　　蠻可惜的，那一戶丹心耿耿的漢文先生人家，由於這一代執教的老先生春秋已高，體力大不如前。按照常理，他應該是常坐首席，備受禮遇，然而，競爭忙碌的現實社會經常冷落、忽視落伍而無用的人，使他時時感喟：「皓首窮經知何用？」老態龍鍾的他，只偶爾被請到某些人家的大廳，按照古代宗法制度左昭右穆的次序，拿著小楷毛筆，慢條斯理的幫人抄寫祖先牌位；終致黯然神傷、默默地走下人生舞臺。

　　我的父親從小因為家裡農忙，沒機會上學讀書，他只能眼睜睜看著兩位哥哥有機會學日語，以及羨慕村中其他同年齡的男孩可進入日本學校。不幸的是，我父親十四歲時，我

祖父就被洪水沖走了。我父親成了孤兒，農務更加繁忙和辛苦，但他懂得在休閒的時刻找機會向漢文老先生借書和討教，所以他成為從未踏進校門而能閱讀中文書冊的人。

我父親小時候在田裡工作，能很流利地背誦《論語》二十篇的篇名：「〈學而第一〉、〈為政第二〉、〈八佾第三〉、〈里仁第四〉、〈公冶長第五〉……〈堯曰第二十〉。」但伯父們聽了，都嗤之以鼻，覺得現在是什麼時代了，把沒有用的東西裝一大堆在肚子裡，浪費時間，也顯示頭腦有點不靈光。同時嘲笑他不懂日文，將來必定輸人家一大截。

我父親所讀的書本，是向漢文老先生借的，字裡行間有許多紅色硃砂圈點，在我父親心中，會讀漢文，至少已經不算文盲，況且，《昔時賢文》、《人生必讀》以及許多閩南語歌仔冊，其內容大多宣揚忠孝節義的精神，深信那是非常有價值的精神糧食。所謂「典型在夙昔」，意味著：後人的道德涵養可依憑研讀古籍而自我建構起來。

後來證實，村中那些鄙視傳統中華文化、一股熱勁去攀援日本的人，他們身上大致上已找不到溫文儒雅的氣質，他們衝力十足，先進新潮，卻崇尚功利主義。不知不覺之中，鹿堀的淳美民風已然質變了。這是我父親在家族中從小備受欺凌的背景因素，曾經是一段很長的、不堪回首的黑暗期。

（四）金天寺與葫蘆潭

鹿堀有多戶人家定居在池塘北側，其中某戶大廳奉祀著從外地迎來的觀世音菩薩神像，全體村民平日皆可前來參

拜，觀音菩薩儼然成為全村的守護神。後來據說神蹟顯赫，村民於是向各地發起募捐，將這個廳堂改建為屋頂是鳥革翬飛、有前後兩殿的華麗建築——金天寺。就十八彎古鹽道而言，山上鹿堀這端有金天寺，山下社頭那端也正好有清水岩寺，兩廟都主祀觀音，遙相呼應，共同守護著穿梭不息的行商。而金天寺是由住家大廳的位置改建而成，有村民的共同感情和生活記憶，與一般旅遊勝地的寺廟明顯不同。

記得讀小學二年級時，我曾和小我一歲的大伯的兒子一起在葫蘆潭邊玩水，池塘很滿，水很深，我們兩人忽然腳一滑，雙雙落到池子裡了。說也怪，掙扎一會兒，竟然兩人同時爬上岸來，全身濕透。兩人所擔心的，是被發現和被責罵，於是躲到土地公廟的後面，藉著陽光之助，把衣服曬乾。後來，我一直想著，從來不曾下過水的兩個人，怎會在迷迷糊糊之中輕鬆上了岸，莫非是金天寺的觀世音保祐著我們。

鹿鳴幾位愛好音樂的村民組成北管樂團，平時定期利用夜間在金天寺的廣場練習，繁弦急管，鼓樂喧天，十分熱鬧。凡是遇到酬神廟會，或是觀音出巡的場合，這個樂團總是努力表演，頗出風頭。不過，隨著年輕人日漸外移，此一樂團後來似乎不易傳承下去。

每年農曆9月19日，觀世音菩薩誕辰，是鹿鳴舉辦節慶活動的大日子，不少外地寺廟組團前來共襄盛舉，遠方香客為了酬神，也紛紛湧至。有戲劇、陣頭表演、煙火秀等等，充滿喜氣洋洋的氣氛。《詩經》寫道：「呦呦鹿鳴，食野之苹。

我有嘉賓，鼓瑟吹笙。」鹿鳴的住民富於古道熱腸，都喜歡效法野鹿「見食相呼」的美德。當天，在熱心人士贊助下，往往廟前有免費供餐。每戶人家也免不了趁此佳節宴請親朋好友；掃榻以待，倒屣相迎，十足展現歡迎賓客的誠意；規模形式方面也從曩昔的野叟山餚進化成外廚辦桌。

臘盡冬殘，歲聿其暮。過年的氣氛從農曆 12 月 24 日開始，這一天，村民無論在行動或名稱上都和東漢許慎《說文解字》的記載「黗」字若合符節，是所謂「拚黗」，就是他們會各自爬上自家屋頂，使用長竹竿將煙囪內部積累一年的黑碳完全清除，好讓新的一年氧氣充足，生火煮飯將更加順利。此外，當然還要依照《禮記》的記載，忙著「大拚掃」，清理房間以及客廳的神明桌等等。

記得民國 57 年（1968 年），我讀小學四年級，村民早先以公費購買魚苗，投進葫蘆潭中，相約平日不可前來垂釣，等到魚兒長大了，時值歲末年終，也是池塘低水位的時期，村中的壯丁們在潭中共同張著一排大網，從西往東，一齊緩緩前進，游魚被卡在網格當中，有紅的、灰的、黑的，有大的、有小的，絕大多數都被網了上來。然後依照總戶數分組，大魚、小魚相互搭配成組，放在乾稻草上面，編上號碼，再由各戶代表依序出來抓鬮。小孩子興奮地圍觀地上活生生的魚兒，又叫又跳，比手劃腳，心中總有自己特別期待的一組；看著、想著，但抽到的卻未必是所想的那一組。不過，既然

戶戶都有獎，又是公平抽號，人人都會歡欣雀躍地接受這一份年節好魚。

除夕當天，用完早餐，第一件工作是貼門聯，拜神的大廳，雙扇門貼著：「加冠」和「晉祿」，這是自古以來國人普遍追求的目標。即使村民不見得有鼓勵小孩將來當官的念頭，但老祖宗都這麼貼，他們也就照著貼。我家小客廳的雙扇門，總是貼上「詩禮」和「傳家」，這充分表達我父親對家人的期待。

鹿鳴村民向來遵守年節古例：「初一早，初二早，初三睡到飽」。所謂「早」，是指農曆正月的前兩個早晨都必須早起，為了拜神明和祖先。祭拜完畢，收拾祭品必須迅速，不可拖拖拉拉或漫不經心。

即使目前已進入工商社會，鹿鳴的大年初一，早餐後，天字第一號的任務是繞村拜拜。村民紛紛帶著家人，準備糖果、餅乾、線香和紙錢，沿著村莊繞行一圈，總共拜了金天寺、3 座土地公廟、2 座將爺公廟，葫蘆潭西側的石敢當、橫山下的百姓公等，大廟和小神龕，總共 8 個地點，幾乎花他們至少 2 個小時。但他們認為這是本村非常珍貴而有特色的傳統，因為年輕人平日為了追求錦繡前程、達成風雲之志而整年離鄉背井，分路揚鑣；倦鳥尚且知返，在年節假期，難得不約而同地飛鴻踏雪歸來；因此，莫不格外珍惜這難得的不花費太多時間的尋根儀式。的確，故鄉的泥土最芬芳、水質最甜美、人情最溫馨。此刻，人人笑容可掬，互道新年恭

喜，整個村子充滿融融泄泄的氣氛，其馨香禱祝之虔誠必為眾神明所共鑑。

　　繞村祭拜完畢，有些小孩總喜歡沿著十八彎古鹽道走下去，若他們曾聽過大人講述這條古道的歷史，那麼，除了在半途找尋清澈的泉水和螃蟹，對先人長輩也會由衷產生敬仰之心。

（五）我的鄉土童年

　　臺語「獵鴞」是老鷹的意思，閩南話有句諺語：「不關雞母，一直怪獵鴞」，勸人要懂得自我檢討，不可一味責怪別人。平日不時依稀聽見，遠處小孩用閩南語發出緊急呼喊聲：「獵ㄟ鴞，夾夾夾。獵ㄟ鴞，夾夾夾。」剎那之間，全村孩子總動員，紛紛衝出門外，齊聲賣力大喊：「獵ㄟ鴞，夾夾夾。獵ㄟ鴞，夾夾夾。」此氣勢直上天際，震撼風雲，直到盤旋的老鷹消失無蹤，小雞們的危難解除了，孩童們才肯休兵，進入屋內。

　　八卦臺地又稱八卦山脈，北起彰化市，途經社頭鄉，南抵南投縣名間鄉的濁水溪北岸。這條山脈以老鷹聞名，主要是灰面鵟鷹（學名：Butastur indicus）。從社頭鄉清水岩一帶，飛進鹿鳴的村中，小雞們是最可能的受害者。這裡寫〈獵鴞〉詩一首，記其情況：

> 拔地凌空旋優雅，鵟鷹火眼不屑眨。
> 奔撲奪門處處童，莊頭莊尾呼夾夾。

　　葫蘆潭的東北角有一座土地公廟，土地公廟右前方有個專供水牛泡水的池子，那是清朝時期，我們家族奉獻出來給全村的水牛共同使用，尤其在盛夏時節，那是水牛們的最愛。岸邊種植苦楝（學名：Melia azedarach，又名苦苓），每年春夏之交，紫花怒放，散發淡淡芳香。地上釘著幾根木樁，用來綁住泡水的牛隻。等到冬天枯水期，水牛也因為天冷，不必泡水，抓魚日一到，大人、小孩紛紛提著桶子，來此泥濘中抓鱔魚、泥鰍、土虱……等等，大人小孩奮力將牠們從泥中拉出，尖叫聲四起，非常刺激！

　　每年五月開始，光臘樹（學名：Fraxinus griffithii，又名白雞油樹）吸引許多獨角仙前來吸吮樹汁，有暗紅色、咖啡色，也有黑色的，公蟲的頭上頂著象徵雄壯威武的長角；雌性無頭角，也不具光澤；牠們是生態學習的活教材。至於背部橘紅、腹部黑色，全身閃亮亮、且有一根長嘴的筍龜（Bamboo shoot weevil，學名：Cyrtotrachelus longimanus Fabricius 竹象鼻蟲），因慣於咬壞竹筍而惡名昭彰，小孩子往往把牠們烤來吃。桃、李等水果樹以及開滿金黃小花的相思樹（學名：Acacia confusa）上，棲息著不計其數的金龜子（Rhomborrhina splendida），對農作物而言，那是害蟲；若將樹枝搖幾下，就會金龜子掉滿地；牠們有些只顧裝死，有翅膀卻不飛，於是小孩們輕而易舉地用竹筒撿個滿筒，帶回家。為了保護鴨子的食道，每隻金龜子都必須敲一下。

❀ ❀ ❀

以前鹿鳴莊最熱鬧而令人陶醉的時刻，大概是週六的下午，尤其接近黃昏的時候，因為房子裡照明比較不夠，屋外還有夕陽，天氣又涼爽。當時沒有電視機之類的視聽享受，因此，幾乎全村的小孩不約而同地都到戶外來。有的忙家務，有的餵養家禽家畜，更多是形形色色的嬉戲玩耍。活力、自在、歡樂；無邪、無懼、無憂。

玩具大多是就地取材，自己做的，無論是小笛子到大型喇叭，或是小孩推著跑的鐵輪圈，或空罐頭做的玩具車，或拉著檳榔籜片當小車，上頭有雙手緊握手把的小娃兒。顯而易見的，大家把廢物利用到了極致。竹子的一節，打了小孔，像注射器一樣吸水，然後打起水槍。女生們玩著自製的小沙包，有人跳繩，有人在跳高。……熱鬧滾滾，每個人玩得不亦樂乎。

小男生們很喜歡玩阿斯，就在地上畫出區分兩派如 S 形的巨大方格，雙方各有衝出去的門路。他們可以衝到外面玩角力、或推人，或抓人，也可以守在格子裡面推拉，訂有明確的生死和淘汰機制，必須一直戰鬥到一方消滅對方，贏得勝利。當然，旁邊會有不少圍觀吆喝加油的群眾；這種遊戲，在小男孩當中，很能夠區分英雄和小卒，那些英雄往往備受崇拜。

葫蘆潭四周邊坡上方十分寬敞豐厚，高堤上面有相思樹、榕樹、白千層、麻竹和樟樹，高堤外面則是牛車路。這個潭是村民肩挑飲用水的地方，他們從三個不同的方向用大

石頭分別鋪陳三條緩緩通往池底的階梯，挑水的時候，既安全又穩固。冬天水位下降，石階顯得比較長，幾乎每個村民都懂得細心呵護這個大潭，池水因此格外清澈，微風徐徐，漣漪密密。站在邊坡看著優游自在的灰黑色魚群，除了感受韓愈所言「不殊同隊魚」的情況，還可以體驗莊子所述「木雞」出神，安穩而沈著。

在日據時期，鹿堀人只能喝池塘水，大約在民國 50 年（1961），自來水才引進這個村子。從此，葫蘆潭供給飲用的任務終於結束。潭的底部和邊坡，是很特別的白色黏土，小孩子常常在此地乘涼和玩耍。他們各自捏出方形的類似碗碟的東西，底部特別薄，放在手心，朝大石頭扔下去，「啵」的一聲，黏土上方破一個洞，聲音越響亮清脆者為勝；摔不出破洞的，歪成一推爛泥，就要繼續努力了。淺水區有許多小魚和蝌蚪，水邊花草的枝葉上總有豆娘、蜻蜓，或飛或停，與樹上的蟬聲形成靜噪的對比……，涼風徐徐，教人流連忘返。

橫山以一條龍的形狀橫躺在鹿鳴北邊，它談不上高大或壯觀，但它長滿茂密的相思樹，所產木材可以挑到山下販售，曾經是此地民眾賴以維生的重要資源。樹下最常見的雜草，就是闊葉鴨舌癀舅（Spermacoce latifolia Aublet），我們閩南語都稱它為「草披仔」，它的葉子有細絨毛，是為水牛鋪床最上選的材料。每年 7 至 11 月之間，全體村民往往趁著農忙之餘，遠赴橫山高處的樹林中鋤下「草披仔」，它們都是牛羊所不吃

的草種，左一堆、右一堆，在山上晒乾。然後，村民將牛車稍微改裝，將左後大輪換成鐵皮輪，還需在下山之前，用粗繩子將鐵輪綁住，不讓它轉動，於是就可以安心地使用牛車將乾草陸續運載下山，回到自家庭院，堆個與屋頂一樣高的小丘。未來的一年，牛的鋪床草就豐足無虞了。正因為如此，橫山的樹下通常是乾乾淨淨的，而非雜草叢生。

在懶洋洋的下午，大地灑滿金黃，小男孩個個晒成小黑人，他們常常快跑前進，直接衝上庭院中的乾草堆，宛如企立在懸崖頂頭，呼吸著乾草的芳香，興奮地彈跳，睥睨四方，大聲呼喊著：「通臺灣，我上懸（最高的意思）。」然而，總是無人理會。

🌳 🌳 🌳

半山腰以下，綠草如茵，百卉錦簇，有一條寬度足夠兩輛牛車交會的道路，從村莊直通山下；路旁屹立幾棵大樹，枝葉迎風搖曳，好似為辛苦打拼的村民搧涼。幾戶放牧人家，每天都要趕著牛羊到橫山半山腰的放牧區吃草。小孩很可能會帶著預先準備好的，從玉葉金花（學名：Mussaenda pubescens，又名黏滴草、黏黐草）根部取出韌皮部加以搗碎而漂洗出一團捕蟬的黏劑，含在嘴裡，一小段竹棒露在外面；又拿著一根長竹竿，靠在肩膀上，笑咪咪地趕著牛羊上山去。

每當夕陽將沒，黃昏而涼爽的時刻，大批牛羊從山腰歸來，佔滿整條道路，場面十分壯偉，酷似一支凱旋歸來的軍隊；行人和牠們交會的時候，都會主動退讓在路旁。有時見

牧童趾高氣昂、噤口無語地歸來，走路卻虎虎生風，因為身上多了許多戰利品，除了黑色大蟬之外，可能還有大蜂窩、鳥巢，或是用陷阱捕捉的兔子、果子貍或竹雞。有時還會對人炫耀，說他和幾個小朋友一起抓蛇，吃了烤蛇肉；並且帶回完整的蛇皮，內裝細沙，也算是玩具之一。

有時候，小孩子雙手捧著大紙箱從山上回來，當中裝了一些江某（學名：Schefflera octophylla，俗稱鵝掌柴、鴨腳木）的枝葉，葉子上有幾隻大白蟲，全身有好幾根長長的釘狀物，都是軟的，不會刺人；他準備過些時日，就要迎接從蛹裡羽化而出的皇蛾（學名：Attacus atlas）。皇蛾的翅膀以橘黃的色調為主，搭配許多變化的圖案，十分豔麗壯觀。

也有一些小孩在角落檢視前些日子由牛車載回庭院的樹木枝葉，因為那是杜英（學名：Elaeocarpus sylvestris），枝葉之中有許多果實，被鋸下的枝條，在庭院放置幾天後，杜英果實就自然熟成了；有些小孩子專注地找尋果子，吃得津津有味。

「閃，閃，閃！」一個小男孩微微拉低褲子，掏出寶，邊走邊旋尿，喊著要人讓路。然後停下來，回頭欣賞留在路中央長長的尿跡，評估是否狀似一邊拉車一邊放出來的牛小便。小女生則各忙各的，有人手上提著成串黃橙橙的金露花（學名：Duranta erecta）的果實，晶瑩奪目。有人摘採幾株昭和草（學名：Crassocephalum crepidioides），它的花酷似小巧的鈴鐺。也有人忙著尋找火炭母草（學名：Polygonum chinense L.倩飯藤）的黑色果實，吃著吃著，嘴唇全都染成黑色。

　　趁著太陽偏斜的時刻，婦女和小孩從孵蛋的母雞那裡取來一籃雞蛋，進入屋中，把兩片木門關上，留一條透光的小縫，母子兩人將雞蛋逐一照過。這是為了檢驗母雞孵蛋的階段性成果，看看裡面是否有「紅筋」；如果有，就感到欣喜；反覆照了又照，如果不見「紅筋」，就會沮喪地說：「哇！這個『無形』。」那些「無形」的，可以趁著它們還沒有變成臭蛋，先煮給豬吃。有雛形的，就交給母雞繼續努力。媽媽還會告誡小孩：「鄰家的公雞來了，不要趕走牠，不然咱家的雞蛋都會無形。」

三、宗族裡的貪瞋癡

　　日據時期，我的祖父輩是由三大房組成的大家庭，伯公林此、祖父林乾和叔公林允。叔公得到日本官方認可，擔任保正；這種身分，在此一特殊的高壓統治下，顯得比較有勢頭。

　　我的祖父常常上山工作，有一次，手上牽著牛，遇到大洪水，一不小心踩入山腳下已經滿溢的大水溝，被沖到遠處而喪命。留下三男四女。我父親當時才十四歲，我最小的姑姑才八歲。我兩位伯伯都受過日本教育，只有我父親沒入學。據父親說，因為當時農作很忙，祖父沒讓父親上學，是打算將來多分一些田產作為彌補。可是，既然祖父早逝，那個多分田產的諾言也就落空了。

　　祖父已經過世，而三大房合而為一的情況仍然維持著，其中沒有家長的這一房，難免會有吃虧之處，例如有人拿公款到山下為自己購買水田，創造私人財富，卻隱匿不說。

　　祖父走了，父親和小姑姑都沒有進過校門，受到的欺侮也最多，他們的特質是忠厚老實。二伯天生聰明卻很霸道，連他的守寡母親都怕他；他實質上簡直是這一戶的戶長，幾個姊妹幾乎把他捧得像皇帝一樣，但最小的姑姑例外，她和我父親默默地相互扶持。

　　第二次世界大戰期間，父親匆匆結了婚，就被日本當局調到南洋擔任炊事兵。四年服役期間，日本官方發送到鹿堀的福利，等到父親退伍返鄉，發現所謂福利完全被用光，根本分毫未得；二伯說那些都是祖母應當得到的福利，但實際上是被二伯所占有。此外，退伍返鄉之前，日本政府強迫臺灣軍人把現金存入日本銀行，所以父親只是拿著幾張存款單返臺。後來日本對中國無條件投降，臺灣退伍軍人手上的存款單可以兌現嗎？日本久久擺爛不理。

　　本來林家是這個村子的旺族，不是沒有錢，但我父親卻很窮。退伍後，父親到南投城隍廟求神籤，解籤的人似乎會算命，說：「你二十四歲隨人吃（分家產），二十五歲若乞食（與乞丐無異）。」這是父親常常掛在嘴邊，盛讚神準的一句話。

　　分財產是就現有鹿鳴一帶的田產來分配，祖父輩的三大房均分，至於父親這一輩，三兄弟各一份，加上祖母一份，所以分為四份；祖母曾抱過我二姊，但不久就過世了；實際上，祖母的一份田產，後來全都變成二伯的私產。一時之間，以前曾經看似地方旺族，但父親所得田產實在不多，現金更是幾乎無有。

　　我有個大哥，不到一歲就夭折了。後來我有四個姊姊，一個妹妹，我們六個人感情都很好。大姊小時候遇到家庭最窮困的階段，她吃飯常常是缺菜的狀況，只能澆一滴花生油，加一滴醬油，如此而已。有時候，連一滴花生油也得不到，她吵著要澆花生油，母親被逼急了，因為所剩不多，是要留著炒菜之用，父親說：「幫她比一下，比一下就好。」大姊不知道那是什麼意思，後來，她曾幾次大喊：「我要比一下啦，我要比一下啦。」隔壁人家也能聽到這句不體面的吵鬧聲。

　　叔公擔任日本政府管轄之下的保正，在地方上頗有名氣，他有三個兒子，老大很優秀，於是我母親做媒，將她娘家竹圍村中好女子介紹給叔公做長媳。但傳統的婆婆很威權，嬤婆對於媳婦不知疼惜，大概類似〈孔雀東南飛〉的故事吧。有一次，年節將近，嬤婆把媳婦轟回娘家去，結果，她的長子在牛車間上弔自殺。後來母親再也不敢幫人作媒了。

　　當時的廁所位在屋後，已十分老舊，如逢下雨天，小孩子上廁所必須經過二伯家，才能免於淋雨。有一次，三姊上

完廁所，正要回家時，二伯家人故意把門關上，不給過。三姊站在他家門外一直哭喊，直到父親親自去把她牽回來。後來，父親乾脆用大鐵鎚把牛舍的牆壁打出一個大洞，方便自己的小孩進出，從此，下雨天就不用再穿過二伯家了。父親總是說：「幸好我們養的是一隻特別乖的母牛，再小的孩子都可以放心走過去。」

二伯總共生了三男五女，二堂哥的個性很像二伯。一個堂妹與我同年齡，二個堂妹比我小。有一次，幾個小孩子在葫蘆潭邊玩耍，大姊面向池塘蹲著，正在挖取黏土，二堂哥走過來，用單腳踩著她的背後，說：「給妳掉下去。」二姊看了非常氣憤，趕忙跑過來解危。

在相連的山坡地，我家的土地在上方，二伯的地在下方，他會在相鄰的界線上面種一排竹子，竹根不斷往上延伸，邊界就隨著遷移。後來我父親都設法在別處另購土地，逃脫他們的干擾，因為別的地主可沒那麼好欺負。

每當天空變成魚肚白，母親就到山上挖樹頭，早餐之後，由父親挑著樹頭到彰化的社頭叫賣。中午之前回到家門，才開始動手做自己的農務。這個挖樹頭的工作，往往是母親懷孕時期的工作。直到有一天，父親在社頭賣完樹頭，買主請他吃一碗湯圓，父親猛然想到，挑賣樹頭的工作應該圓滿結束了吧！從此，他再也不挑東西下山叫賣。

　　某一天，我們家養的懷孕的母豬死了，肚子上依稀可見一個黃土腳印。這太嚇人了，不搬離不行。經過私下的討論商量，叔公和我父親決定一起搬離這個舊宅，在另一個地點蓋新房子。

　　新房子建在離舊宅步行 5 分鐘的靜謐田園的中央，是一座標準的三合院。為了慎重，特地請金天寺觀音菩薩（神乩）指示中心點，大致上是叔侄雙方都同意的點。這個中央點是共同奉祀神明和祖先牌位的大廳，可畫一條虛擬的分隔線，將三合院區分左右兩邊，叔公是長輩，選大邊龍邊，我父親住虎邊。民國 51 年（1962 年），王寅，搬入新家。從此，可以遠離二伯他們，終於放下心上的大石頭。

　　新房子大廳的門聯是雕刻而成的，寫道：「漳徙瀛州遵祖訓，文傳鄒魯奠邦基。」所幸我在國中的時候，就知道其中意思了；知道意思，才會產生勉勵的效果。

　　嫁到田仔村的小姑姑在逢年過節的時候，常常可以回娘家，她很喜歡我們的新家。有一次，她提著三份禮物，走了40 分鐘，先回我們的新家，正逢吃中餐的時間，她坐下來就吃。沒想到，不一會兒，二伯氣衝衝地走進來，搶下她的碗筷，命令她先到他家。她含著眼淚，拿著另外二份禮物，跟著去他家。二伯似乎認為嫁出去的姊妹回娘家，沒有先去向他報到，簡直是不給他面子。

1962 年，叔公和我父親搬入新家，叔公是帶著二個兒子和多位孫子搬入新家。叔公他們擁有一半，我們住另一半，本來可以相安無事的，但兩邊的感情似乎不夠好。我們家的小孩，從小學領回許多獎狀，貼滿虎邊護龍的小客廳牆壁上，他們家的小孩沒有，這一點也許讓他們覺得不是滋味。

　　我讀國中時，有一次正在看電視，劇中有人上弔自殺，四姊說：「他弔脰了」，父親在旁邊聽到此言，很激動的喊了一聲：「妳恬去」，要四姊立即閉嘴。四姊一頭霧水，不知道被責備的原因。後來我們才知道過去有個來不及見面的堂叔發生的悲劇，也曾聽到母親對父親說：「好像他們的怨恨還沒有消。」自從過去在老宅發生大兒子上弔的悲劇之後，嬤婆對於後來的兩位媳婦，只有低調保守、忍氣吞聲，甚至退縮懼怕，心中一股哀怨就更難消退了。

　　後來兩位對面的堂叔屢屢向我父親抱怨：「這個房子的風水都被你們得去了。」我父親只冷冷回一句：「得什麼風水，是讓我工作連中午都沒得休息嗎？」父親當年處處讓著叔公他們，甚至兩條紅磚牆共構出來的大門都要被他們私下強迫工人把它做成一高一低，我們這一側的大門磚牆明顯較低。我們退讓的情事太多了，從來沒有絲毫要在他們身上討任何便宜。每當拿起大掃把打掃前庭，我不僅打掃大廳前虛擬中線所區隔出來的半邊，我甚至會將他們那邊的垃圾一塊掃除。

❀ ❀ ❀

　　大約 1970 年前後，叔公就過世了。2007 年某日，住家對面的兩個人，小堂叔帶著他的侄兒，分別代表兩戶吧，不知何故，突然走進我家客廳。他們手中拿著文件，直接遞給我看，說：「這是我們這塊住家土地的圖檔文件，我去申請的。」我簡單瞄了一下，頗為震驚，因為上面記載我家的持分是三分之一，我立馬說：「這不對，應該是我們家二分之一，另外的二分之一，由你們兩戶均分才對。」他們兩人竟一句話也不說，收回文件，掉頭走了出去。記得我三歲的時候，這塊地是我父親和他的叔叔共同整建的，當時約定兩戶人家各持一半，叔公過世之後，卻有人暗中把我家的持分改為三分之一。但彼此之間從來沒有買賣或贈予的事實，怎會悄稍地被動了手腳，而我們家人卻全然不知。

　　後來我對三個兒子說：「目前我們的所有權狀上頭的房產面積，是按照三分之一計算出來的，那不正確，我們應該有二分之一。可是，對面住的是我的叔叔，我不想和他們打官司。大廳中線所畫出來的虛擬線，是兩邊的分界，向來都這樣，如果我們的持分不是二分之一，怎麼可能這樣住了數十年來，他們從不吭一聲，現在卻在書面上來個暗招數，這可能為將來增添不小的麻煩。」

　　不久之後，堂叔在樹上採荔枝時，不慎跌落，傷了後頸，此後，請了外勞隨身照料。房產持分的問題，只能繼續擱置下去，期待將來能得到圓滿的解決。

四、和樂新住家

　　自從父母親的大兒子不到一歲就夭折之後，連續生了四個女孩，後來終於又盼到一個男孩了，那就是我，我出生不到 10 天，就虛歲 2 歲了，傳統的算法真特別。家人非常寶貝我，甚至為我取名字的時候，母親怎麼聽都不滿意；父親拿她沒辦法，只好到金天寺請神乩幫我命名，母親這才沒話說。但父親拿著神乩所取的名字，到鄉公所辦理登記的時候，辦事員有意見，他們討論一下，建議稍微改一下，於是登了現在這個名字。因此，如果有人問我：你這個名字怎麼來的？我覺得標準答案應該是：「鄉公所的辦事員和我父親根據神乩的意見討論出來的。」大姊大我十歲，母親很自豪，說我出生的時候，做月子的麻油雞都是大姊煮給她吃的。

　　父親不再挑東西下山叫賣了，為了農作，他不得不向村中幾戶較寬裕的人家借調蔗單，與貸款相類，籌備到這些務農資金，才能購買幼苗和肥料等等，開始耕作。等到農作物收成之後，提領到現金，回到村子，他一定先逐戶還款完畢，然後才走進家門，那是他做人的原則。

　　搬新家的時候，我正值實歲三歲。大伯的子女和我們自家的姊弟們，一群小孩共同搬著大小椅子等物件，途經一片小樹林，走過一條微彎的坡道，堂哥因為理個大光頭，被枝頭上俯衝下來的鳥鷲鳥啄了兩下，大伙兒尖叫起來，護送他安全通過，抵達我們的新家。

🌿 🌲 🌿

　　父親專心於自己田裡的農務，記得在我讀高中的時期，他大概已經購買將近七公頃的田地。我們一般情況都沒有僱用工人，因為全家人都很努力打拼，況且父親的體力特別好，甚至中午也不必休息。當然，家產不能和伯公的兒子相比，他們的土地非常多，一戶人家養了 6 頭水牛，僱用 10 位勞工一起耕作。

　　我們全家都很勤勞，每天從一大清早起來就開始了。比較大的姊姊們每天早上都會輪流起來煮早餐給全家吃。較小年紀的，則分配固定的房間為打掃區域，總共有七個常用的房間需要打掃。母親則拿著抹布擦拭桌椅，還要和父親一起餵飼料給牛、豬、雞、鴨、貓、狗等。小孩忙完各自的工作，吃完早餐，然後才背著書包上學去。傍晚回到家裡，姊姊們的工作只會比早上更多，大家都樂在其中，從來不會叫一聲苦。

　　吃晚餐的時候，原本十分平靜，吃飽的人就先行離席。有時候，最後剩下母親、我，和二位姊姊還在用餐。過了一會兒，突然咔咔聲大作，兩位姊姊都努力把飯往嘴裡撥，我瞪著雙眼直視她們，然後她們幾乎同時將碗、筷放下，說：「洗碗」，嘴巴鼓鼓的，互指著對方。母親總是微笑一下，和我慢條斯理的多吃一會兒。

在家若有餘暇，我總是牽著水牛到田間小路上吃草。自家的牛不可和別家的牛碰面，因為有些水牛容易打架，邊跑邊用頭角相互撞擊，往往不是小孩所能排解。所以，每當兩位主人遙相望見，最好的辦法是把其中一隻拉去甘蔗田，或樹薯田，或絲瓜棚架旁，或田邊大樹後面躲一下。其實，大致而言，放牛是非常逍遙閒適的時刻，野外一片綠油油，鳥叫蟬鳴，蝴蝶紛飛，路旁開滿各式野花，姹紫嫣紅。小孩甚至可以放下牛繩，讓牠自由來回穿梭在草原上，不用擔心牠會逃跑。

　　牛蜂（牛虻、牛蠅），比一般蒼蠅大好幾倍，只要一隻停在牛身上，牠很快會被蒼蠅包圍起來，共同吸血。牠們黑壓壓整坨總是吸到忘我，我只要發出第三聲的「啊」，向牛隻預告，隨即用手一拍，幾乎就是滿把。因此，每次放牛的過程中，我除了一手拿著書本，另一個手掌全被牛血染紅了。如果在放牛過程中，幸運地有烏鶖鳥停在牛背上，上下巡視，啄食牛蜂，也算是幫我一個大忙。說也奇怪，我發現凡是在工作中（包括拉車、耕田）的牛，從來不會被牛蜂叮咬，而放牧吃草的牛隻，過不了一會兒，牛蜂不斷被吸引過來。

　　只要學校沒有課，我們都要上田去幫忙，同時會讓工作變得有趣，拔樹薯草的時候，姊姊們和我，一人拔一排，蹲著前進，兩手齊發，速度飛快無比，因為承襲了父親的做事風格，進度稍微落後的，旁邊的人就會伸手過來幫忙多拔一些。我們會唱歌互扯，首先在心裡各想著一首歌，然後：「預

備，唱。」大家同時唱歌，各唱各的，一會兒，總是有人不夠專心，導致不知道自己在哼哼啊啊唱什麼，不由得自己笑歪了。

蝸牛平日專吃農作物的葉子或嫩芽，對作物的收成造成嚴重威脅。因此，每當下雨過後，趁著蝸牛紛紛出來到處遊走的時候，無論大人小孩，總是提著大小不一的桶子，走遍田野各個角落，將蝸牛撿拾回家，煮一煮，餵鴨子。撿蝸牛的時候，仰看天空，彩虹高掛半邊天，美得令人讚歎不已；樹上許多綠色鑲金線的雄糾糾氣昂昂的大蟬，尖銳地高唱著進行曲，響徹全村，讓我內心無比喜悅和振奮。可是，常常四姊精神飽滿，一個接一個撿進桶子，而我的眼力和手腳速度不如她，偶爾難免會愣在原地抱怨：「姊，妳的眼睛大如牛。」

我讀小學的時候，二姊曾經教我：「無論什麼時候，只要聽到爸爸或媽媽叫你，你都要立刻出現在他們面前，問他們有什麼事。」她自己都會這麼做，我牢牢記住這些訓勉，從此我也都這麼做。關於這一點，我父母想必感受很深，百試不爽，也會打從心裡覺得十分滿意。

我對二姊是十分敬愛的，她給我的指點特別多。她在國中聽了老師所教內容，往往會轉述給我。例如《易經·未濟卦》：「小狐汔濟，濡其尾，无攸利。」意思是：所謂謹慎，必須徹頭徹尾才可以，好比小狐狸渡河快要成功了，卻不小

心弄濕了尾巴，這就無所利。她轉述老師說的：「有一個小孩子總是出口沒好話，他的爸爸聽怕了，為了避免再聽到他口出惡言，所以不打算帶他去參加別人家的喜事。小孩苦苦哀求說：『我一定改進，我保證不再說壞話。帶我去，好啦！』小孩參加了喜事，果真從頭到尾都緊閉著嘴，他的爸爸鬆了一口氣，認為他表現真好。即將拜別主人時，小孩說：「今天，我一句壞話都沒說，我們走了以後，如果這孩子發生什麼事，那都跟我無關。」

　　以前的鄉下小孩數量多，名崗國小每個年級有五個班，二姊考上三光國中，整個鹿鳴莊卻只有她一個女生讀國中，其她女生都國小畢業就不升學了，這點顯示嚴重的城鄉差距。男生也只是零星幾個人報考國中。我家距離三光國中有7.5公里，是一條坑凹難走的石頭路，沒有公車，村裡的男生總是騎腳踏車去上學，二姊則獨自一人在天未亮時就要出發，而且以最快速的步伐，不避風雨，趕在七點半之前抵達學校。那三年的辛苦，她都默默承受下來。國中畢業後，她沒有報考高中，因為鄉下人沒有人栽培女生讀那麼高的學歷，她的老師為她感到無比惋惜。

　　後來二姊報名參加國家公職人員招考，竟然考上了，在南投縣稅捐處上班。有一天，她的長官驚訝的問她：「妳真的只有國中畢業？怎麼會考上？別人是大學畢業還考不上哩！」後來四姊就遇到九年國民義務教育，讀完高中的人多起來了。高中畢業後，四姊順利考入菸酒公賣局酒廠上班，以當時偏遠的鄉村而言，那也是令人稱羨的實力。

五、風水與家運

　　讀國小的時候，某一個暑假，中午過後，我和大伯的兒子（我的堂弟）一起在葫蘆潭邊玩，不經意地被招手搭上二伯的牛車，二伯家人至少有五位共車。如此大的陣仗，如此親切的問候，要去一個遙遠又陌生的地方，往廊下方向，又有點靠近橫山山腳下，早已超出鹿鳴的範圍；那是從來不曾有的新鮮體驗，我心中充滿好奇和喜悅。

　　抵達他們的田園，首先，二伯用犁田的方式，將地瓜一排排犁出地面。下一個步驟是牛車緩緩前進，車旁的人迅速地將地瓜扔到車上，我們幾個負責往上丟，牛車上另有人負責接收。對於平日好動的我而言，這太有趣了；何況他們讚不絕口，說我們表現有多棒；我和堂弟賣力演出，分數滿滿。

　　當天傍晚，我回到家門時，天黑了，快要看不清人面，發現家裡氣氛異常嚴肅。一會兒，父母親從外頭回來，母親匆匆進門，大聲責問我跑哪裡去，簡直就要發狂似的。她說她花了半個下午，跑遍了鹿鳴高高低低的田區，幾乎喊破喉嚨了，就是找不到我的蹤影。我說我和堂弟跟二伯他們去他們的田裡，在山腳下的那一邊。父親微閉著眼睛，一句也說不出來，詭異極了，時間和空氣是停止的，好像大家都忘了還沒吃晚餐，或許是還沒煮晚餐。

　　後來，母親靜下來，檢視我脖子所掛垂在胸前、隱藏在衣服裡面的「掛頸錢」，那是用紅色粗線穿過「道光通寶」古錢中間的護身寶，金天寺求來的，我從小被叮嚀：「觀音菩薩

認你做義子，這一定要掛好。」接著，母親略帶傷感地說：
「以前在舊厝的時候，我們養的母豬快要生小豬了，卻死掉，
肚子上留一個紅土腳印。我們再也不敢和他們住在一起。」
我這才知道事情的嚴重性，我實在不懂事，讓家人操心了，
決定下不為例。

　　二伯生了六個女兒，有二位年紀比我小，其中較大的那
位長相非常甜美，是聰明伶俐那一型的，是二伯很得意的掌
上明珠。但是，不知何因，她在國小高年級的時候，無緣無
故的患了精神病。二伯費了極大的心神帶她接受治療，全然
罔效。於是大家發起共同為她祈福的儀式，把金天寺的觀音
神像請到他家的前院，家家戶戶挑著食物前來供奉，乩童作
法為她除魔。前後做了二次，都不見好轉。後來，聽某些基
督徒的勸告，他們改信基督教，期望主耶穌能治好她的病。

　　三光國中有一個高我一屆，住在松柏嶺的男生，是全年
級成績最優異的男生。幾乎全校師生都認識他，老師們都猜
測他很可能考上第一志願的高中。某一天，他突然老遠從松
柏嶺來到我家拜訪，和我父親在客廳裡商談。他說他是基督
徒，到醫院探視過我的堂妹，說我堂妹對他提起我的名字，
好像很想見面，而她說話的時候，笑容很好看，眼神完全正
常。因此，他認為如果帶我去和她談話，她的病可能會好轉。

　　我父親皺著眉頭說：「他不懂醫學，年紀又小，醫療是醫
生的專業，這種事我們不方便介入。」我正開口準備幫學長

說幾句好話，父親很不耐煩地不講道理的回絕，似乎別的事情都好說，這件事怎麼說他都不會准。我父親還對他說：「學生就好好唸書，你才讀國中，考試快到了，讀書才是本份。不要管這種大人在做的事。」搞了半天，繞來繞去，都是這些話，反正就是不放人。學長不得不承認游說失敗，感到無奈地起身告辭。我送他一程，幾乎走到葫蘆潭附近，才道別返家。我一踏進前院，父親站在走廊，還在氣頭上，大聲斥責我：「小孩子管這種事做什麼？」我說：「他是整個年級最優秀的學生，我們不要對人家失禮。」「他是來談什麼話題？要不聽話，跟他去教堂聽道理好了。」氣得轉頭走進屋子裡去。

　　二堂哥從小成績很不錯，長大後除了在機械方面在北部事業有成，同時精研風水地理之學，也開業幫人家看風水；口條很流利，常常受託擔任婚喪喜慶的主持人。偶而回鹿鳴老家，開賓士車代步。二伯的子女們不只一次向我父親抱怨：「祖先們的墳墓風水有問題，蔭歸房。」意思是蔭偏了，不能公平庇蔭全部子孫。我父親從不發表任何意見，而祖墳在二堂兄的規劃下，逐一被改地遷移，而且所有吉日、地點、方位等等都任由他做主，我們每次只能依照被通知的該分攤的金額交付出去。

　　二伯有一位女兒與我同屆，我讀彰化高中，她就讀南投高商夜間部。她的個性很溫厚老實，卻得不到二伯的疼愛。

每天一大早就要上田工作，下午也要上田去，直到傍晚才急急忙忙出發，搭每小時來一班的公車去學校。她一天工作，體力幾乎用光了；個性文靜忠厚，上課常常遲到；老師可能不知道她的生活情況，不能體恤她，據說她很沒有老師的緣。高中女生可能都想要打扮一下，美一下，她曾私下買了化妝品和口紅，塗上臉，結果遭二伯痛打，甚至邊哭邊爬，逃到床下。沒過幾年，她受不了磨難的日子，終於投葫蘆潭自盡。

二伯從小欺負自己弟妹當中最忠厚老實的兩個人——我父親和小姑姑。後來也刻苛對待自己孩子之中最忠厚的那一個女兒，讓她丟了生命。我覺得，我們在生活之中有機會和忠厚老實的人相遇相處，那是上天給予我們的考題，藉以評審我們的良心分數。然而，的確有不少人無法通過上天的考驗和評分。風水吉凶之說必然靈驗嗎？大概是：風水的分數必須加上良心的分數，合格了，所謂吉利才會靈驗；否則，無能的天神還能被稱為天神嗎？

六、體驗靈異

我父親一向很健康，但可惜一場大病擊倒了他，只活到八十四歲。當他臥病在床時，醫生已預告無法挽救，我們只能私下拜託醫生：「千萬不要讓他有絲毫痛苦，因為他是大善人，辛勤工作一輩子，不該有痛苦的晚年。」醫生答應了。有時為了讓父親散散心，我用輪椅推著父親逛南投家樂福大賣場，我不敢經過鏡子或玻璃旁邊，因為逛著逛著，我眼淚

直流。在醫院照顧期間，我常常問：「覺得痛苦嗎？」他總是說：「不會。」我安慰他：「醫生答應會盡最大的力量幫您醫治，您放心就是了。」

有時候，可能是藥物所致，父親在病床上的言談，似乎牽連到他小時候的光景，變得很愛哭，一直說：「我要去見我阿姨，小時候他最疼我。」我不知該如何是好，因為我從未聽過這種事，根本不知道有這麼一個姨婆存在。這樣一位姨婆，小時候應該是成長於鹿鳴上側鄰近十八彎古道出口一帶，姓陳，因為我祖母是從那裡嫁到下側林家的。三姊聽了這件事，說：「據說爸爸以前有個很疼他的阿姨，後來嫁到山下的彰化縣，我們現在無從打聽了。」這個姨婆必定早已做古了，我實在無法讓父親在病重的時刻能達成這個特別的心願。

有一天，伯公的孫子到我父親的床頭來探病，這位堂兄在外事業有成，擔任國中校長，兒子就讀臺大醫學院。我父親有氣無力的、苦苦的喊著，聽起來像是在哭：「你多桑以前把錢拿到山下去買田，那是公家的錢。」堂兄沒做什麼回話，靜默一會兒，只希望我父親多保重，就匆匆告辭了。

民國 96 年（2007）1 月 16 日下午，我從臺北回到南投醫院，走入病房，父親看到我，他滿臉笑容，我也笑了，外勞看護看到我倆笑得這麼開心，也站在角落，微微笑著。沒料到，當晚，我接到妹妹來電，說父親過世了。我急急忙忙

趕回家。妹妹說：「晚上，爸爸要我們用輪椅把他推到醫院的佛堂前面，他舉著手，唸著：『阿彌陀佛，阿彌陀佛。』說了好幾聲。沒想到，一會兒，注射液進不了他的身體，停頓了，我們馬上通知醫生，醫生說他過世了。」安祥辭世。

我父親剛過世的消息一出，立刻有二伯的次子二堂兄來到我家客廳，還有其他同宗的兄弟們，他們都是主動來幫忙的。二堂兄在北部兼營看風水的職業，算是行家，對面的小堂叔做了推薦，要我答應由二堂兄為我父親擔負起治喪方面的計畫工作，包括擇日、治喪儀式，以及選擇地點、塔位等等。我想，畢竟是侄兒幫助叔叔，於是二話不說，我答應委託他發落，反正該給的「先生禮」，我們一點也不會少。他要我提供相關人等的生辰年月日，我翻閱記事本，有問必答，把相關資料當場給了他。

1月19日晚上，母親突然跑到庭院，在父親的靈桌前大哭，因為她這時才知道幫父親看風水、選日子的人是我二堂兄。母親責備我，說：「為什麼看日子由他選定？當年我們吃了多少苦，受了多少欺負，你不知道嗎？」

「我不是不知道，是小堂叔推薦，二堂兄也當場答應幫忙的，我不好意思拒絕。而且，自己人應該不會有問題才對。這次我們就選擇相信他，好嗎？」我本來為了防止母親過度傷心，有關父親的治喪事情大致上沒和她商量，只希望由我和姊妹們共同承擔。

1月20日，二堂兄幫我們選定治喪日程之後，寫成一張公告紙，貼在我們大廳門旁的牆上，其中提到進塔日，有預告沖煞的情形，寫著：「進塔日不合庚申、27、87歲人」。至於農曆12月12日，移柩時的沖煞，他寫道：「不合屬牛、屬雞。」14日的項目，他寫道：「不合庚申」。我隨即給了「先生禮」。

1月22日，二堂兄帶我到名間鄉公所為亡父選擇塔位，走進納骨塔中，他帶著我一排又一排地繞，上上下下地打量，然後一起走進辦公室登記，包括編號和座向都選定了。

1月24日，我頭痛欲裂，不得不從衣櫃裡找到一頂可以包住臉頰的皮帽，本來這頂帽子是打算燒給亡父的，但也顧不了那麼多，先戴著防寒要緊。到了晚上，連眼睛都開始痛起來。

靈堂是委由本鄉某葬儀社佈置和辦理，我們談了一下，決定使用「佛教儀式」進行喪禮。父親靈位上頭有個最高的守護神，是地藏王菩薩。每天二十四小時都要點著一支粗大如手指的香，一支接著一支，勿使間斷。另外，每天也要按時點燃細香拜拜。

1月25日中午，三姊神色慌張，牽著我的手，走到靈桌前，說：「來，你看這怪不怪？我點的香，一插進香爐，立刻燒到底。」

三姊試插一支香，馬上化成灰。這和廟裡所謂「發爐」完全不同，廟裡的爐是因為信眾所插的香太多了，有人認為不發爐也難。而父親靈桌上的爐中，除了底部是灰，上頭幾乎是空的，沒有其它香腳。三姊再點一支，我心裡算著，沒錯，5秒鐘之內，整支香都化成灰，包括紅色的香腳，一寸不存。三姊驚訝地說：「怎麼會這麼熱！」

「對啊，怎麼會那麼高溫？」

下午三點，我在南投市購物，接到妹妹打來的電話：「哥，不得了啦！我們燒的香當場化掉，我摸摸爐中的灰，是冷的。我已經擲錢問爸爸，說一定要換。我也打電話給二堂哥，說我們要另外請人重選進塔日。他在電話中說：『晚輩也必須尊重老人家的心願，當年我的祖師爺曾叮嚀我不要幫同村的人擇日。』」

我當下在電話中同意另請擇日師幫我們安排。回到鹿鳴，四姊也回娘家了，仔細端詳大廳門外的那張公告紙，說：「你的老大不是屬猴嗎？猴就是十二地支的申，爸爸的喪禮在剋申的日子舉行，那不是剋長孫嗎？他不寫剋猴，卻寫剋申。12月12日，移柩時的沖煞：「不合屬牛」，我們妹妹正是屬牛。這些情況到底是什麼陰謀？」幸好四姊曾在社區大學上過《易經》的課程，而我以前打從心裡排斥那些陰陽風水、算命吉凶之說，完全不理會這方面的知識，此刻落到這麼危險的境地而不自知，著實嚇出一身冷汗，自責不已。

1月26日，跟從另一位擇日師，跑了一趟鄉公所。我對辦事員說：「我要更改我父親的塔位。因為我最近一直頭痛，

靈桌上頭香爐點著的香，5 秒鐘以內，整個化成灰，太奇怪了。進塔的日子也要變更，因為我們另外請了擇日師。可以換嗎？費用要補繳多少？」

「不必另外收費，可以幫你換。頭痛之類的問題，我們看多了，常有的事。你們前幾天來選定塔位，走出去之後，我們幾個同事都在討論這件事，說：『奇怪，今年怎麼會有人選座東朝西的？』」

我聽了感到震驚，也當場表示感謝。回到家門，我的頭痛竟然不藥而癒。我們宣布另聘擇日師，另選日子，二堂兄將「先生禮」退還給我家人，不多說一句話，就匆匆告辭了。

一般訃聞總是在末尾寫道：「族繁不及備載」，好像是為了「不得罪人」而做了聲明。我也不想對宗族有所失禮，所以認真地將父親三兄弟所及的，至少應寫到我父親的「侄兒」輩，才算合乎禮數。大伯早年的前妻生了二個兒子，一位女兒。大伯母過世之後，續絃又生了幾位子女。大伯父早年所生的二個兒子可能鑑於其父已有人照顧，兄弟倆於是搬到臺東定居；久久才回來鹿鳴探望一次。臺東確實很遠，但兩位堂兄在臺東的入宅等等喜事，總是會透過二伯來通知我父親，我父親每次都迅速地將禮金交付出去，委由二伯帶往臺東，一次也沒失禮。這次關於我父親過世的消息，我打聽到臺東的電話號碼，理當聯絡臺東這二位堂兄，告知他們，說他們的小叔叔已經過世。

　　但臺東這二位堂兄都沒親自接電話，他們的家人我並不認識，在電話中簡直是雞同鴨講，支支吾吾，不知所云，好像始終弄不清對方是誰，我內心充滿困惑，但也只能不了了之。

　　終於，我父親的喪禮順利完成，我們沒有什麼偉大的要求或風水企圖，只求一切平安。父親喪禮公祭的場合，伯公的孫子，校長堂兄熱心地跳出來擔任主持人，在台上幫父親和我家人說了不少好話。

　　過幾年，我二伯過世了，是基督教儀式的佈置，我抽空回鹿鳴，在靈堂前面致敬，他們沒有給予瞻仰遺容的機會。出殯當天，我學校有課，無法參加公祭。事後，我妹妹告訴我：「二伯出殯那一天，臺東的兩個堂兄都回來了，在庭院中，當別人介紹眼前的我是他小叔叔的女兒，他當著眾人的面，說：『自從我們搬到臺東以來，任何喜事等等，我小叔叔不曾有過交往。』我立刻做了澄清，說：『我爸爸沒有一次沒和你們陪對，紅包都是委託二伯帶去臺東，這我們家人全都知道的。我爸爸是最明白的人，不曾對你們失禮。』」

　　嫁到田仔的小姑姑，已經年邁了，走路必須有人攙扶，每逢大年初二，她一定堅持要他的兒子載他回到鹿鳴娘家，似乎是只要一息尚存，她終生懷念著鹿鳴這個「根」，尤其是對於掛在牆上的我父親遺照，她總是盯看一會兒，令我非常感動。有一次，她感慨地說：「你二伯過世的時候，兩眼睜大大的，合不起來。」

　　我太太從教職退休之後，做一個快樂的佛教信徒，常常看電視上的佛教講經節目，她曾轉述大師們的意見：「《妙法蓮華經·授記品》記載，甚至壞人提婆達多也能被授記成佛。這好比人生這一齣戲，無論飾演好人、壞人，每個演員都有薪水可以領。」又提到《金剛經》裡的故事，說：「凡是日常生活中折磨我的，都可視為歌利王在節節肢解我。不妨把對方那些惡行看成是在消除我的業障。」

　　在 2015 年，我遇到另一次不可思議的類似靈異的現象。在輔仁大學李教授的推薦下，我準備在 8 月 24 日至 26 日之間，於北京師範大學先後參加「章黃學術思想國際研討會暨陸宗達先生誕辰 110 周年紀念會」以及「陳新雄先生逝世三周年追思會暨學術思想研討會」，我答應發表二篇論文：〈《黃侃日記》中季剛先生及其女婿潘石禪的相處事例研究〉以及〈《黃侃日記》中季剛先生的生活方式與健康狀況的關聯性〉。

　　2015 年 3 月 13 日，我依往例到林口頂福陵園祭拜潘老師，那是我每年清明節之前必定會去的行程。這一年，我即將發表的兩篇論文都與潘老師密切相關，因為他是黃侃先生的女婿，也是《黃侃日記》中的大熱門人物。我在祭拜時提到我 8 月的行程，請他保佑我順利成功。

　　怪事發生在 7 月 20 日，因為潘重規老師的名字是章太炎先生給的；在此之前，潘老師的名字有幾種，江蘇教育出

版社的《黃侃日記》，頁 398 寫成「重奎」，頁 571 則寫成「崇奎」，突然發現這個差異處，提醒我應稍加注意，不要打錯字。先前既已將潘師的名字和事件幾乎全都輸入電腦，我打算使用檢索功能，確認一下我是否完全正確。結果是：當我輸入「崇奎」兩字，要進行「尋找」時，電腦畫面整個褪色，不動了；就是當機。我忙了一會兒都無效，不得不長按開機鈕強迫關機。等我重新開啟電腦，輸入其它文字以測試「尋找」功能，發現是正常可用的。但是，當我再一次輸入「崇奎」，按下「尋找」，它又立即當機了。那個時間是深夜 12 點多，整個研究大樓只有我的燈是亮著的，覺得格外寧靜，我不禁眼淚奪眶而出，雙膝跪地，合起雙掌，說：「老師，我不知道您正在旁邊陪著我。」我強迫關機，重新啟動之後，不再試了，後來電腦功能完全是正常的。

現在，如果有人問我，神真的存在嗎？我會說：「雖然我眼睛看不到神，但我百分百相信。」

七、物換星移

鹿鳴，這個清朝就已開墾的村莊，在幾度人遷物移之後，村民從多種角度加以體察，宛如經歷一場風雲變幻，村貌大不如昔。

古時村民通往橫山的那條牛羊專用石頭路被拓寬和填高，如今變成汽車通行的雙線道柏油路，並且從橫山的側邊打開一條新的通路，直達山的後方，可以通往員林；以前牛

羊道上有幾棵濃蔭大樹全都不見了。葫蘆潭旁邊那個水牛泡水專用的池塘，隨著村莊牛隻完全絕跡而被引流排水，目前已被填平，已然變成建地。

由於現代科技文明的衝擊，外面工商業界的吸引力，以及農產品遭受商人層層盤剝，作物價格始終低靡不振，甚至不敷成本等理由，使得鹿鳴的年輕人個個棄守家園，外出奮鬥，希望謀得更好的出路。古人所歌頌的肯堂肯構，克紹箕裘，在這裡絲毫看不出實質意義和價值優勢。然而，真正扮演為淵歐魚關鍵角色的，是興建變電所。

白雲蒼狗，滄海桑田，鹿鳴的東北角，原本是一片廣闊的田園，彎彎曲曲的小路交織其間，田岸高高低低，有大樹，有藤蔓，有農作物，有草原，神祕幽遠，恬淡寧靜；那裡有許多村民的勞動和成長的記憶。後來這一大片田園全都消失了，被政府整個徵收，用推土機將它破壞和推平，取而代之的，是四周圍起高牆，其中有變電所和一排排往外延伸的電塔，以及密密麻麻的電線。偶爾沿著牆外走走，企圖拾回一些往日記憶，但心中擔心的，不是高壓電波，而是觸景傷情；更實際的講，是高牆所阻，連看都看不到。

鹿鳴的開發歷史令村民鏤骨銘心，回首往日美好的農村情景，與今日醜惡的面貌相對照，不啻泣血椎心之痛。村民都知道，什麼叫做「薪火相傳」？他們佇立葫蘆潭邊，想像清朝時期成群的野鹿和祖先們的蹤跡，也曾佇立變電所旁，想像田園、郊野，和童年往事，如今也一概變成夢幻泡影、過眼雲煙。

軟刀子割頭不覺死，當初官員和村民溝通徵收土地的時候，是否對於變電所的樣貌和性質有誤導的嫌疑？讓他們不懂得為捍衛這塊淨土而挺身抗議？其實，一向封閉的鄉村以及忠厚的村民根本缺乏相關的常識，也沒有抗爭之類的經驗。好可惜，視野遼闊、地勢平穩、土地偏僻且便宜，徵收容易，變電所興建於此，大概只能歸結於「山木自寇」了。鹿鳴村民現在默默的自行承擔眼前這不堪入目的後果。

變電所建設到這種地步，縱使有移星換斗的法術恐怕也無可奈何。現在，外地人開車上下橫山，經過鹿鳴，看到村子的一側佈滿電塔和電線，要他們暫時停車歇歇走走，大概都會覺索然乏味、意興闌珊！誰能聯想到它原本是飛禽走獸悠遊偃仰的原野，也一度成為鄉下孩童玩耍嬉戲的天堂，是無需官廳的世外桃源，是充滿詩情畫意的園地，也是樸質的人兒與上天對話的窗口。

八、盼鹿再來

「勸君莫打三春鳥，子在巢中盼母歸。」如果當年放牧牛羊的小孩生長在強調生態保護的今日，或是民生經濟不那麼困窘，也許不致於有那麼多禽鳥、野獸、昆蟲等遭受人們的迫害。近幾年來，二水和松柏嶺之間的豐柏健行步道上，成群的獼猴被列入保護；據說直到清朝，鹿堀一帶的鹿兒還很多，如今卻全都不見了。

西元 2004 年夏天，當我獨自在承德避暑山莊山坡道上漫步，滿腦子想像清朝皇室成員放暑假的可能情況，眼前突

然有幾隻野鹿走出樹林，我凝視半天；牠們是那麼溫馴悠閒，如斯熟悉和親切！「據說清朝時期，我的故鄉鹿堀有許多林下野鹿，不就是這般情景嗎？」

蘇東坡說：「事如春夢了無痕」，鹿鳴的故事最好不要像春夢般的幻化，它是從清末以降一段活生生的奮鬥史。鹿鳴曾是十八彎古鹽道的終點，是行商、挑夫鬆一口氣的地方，它是長林豐草、土厚民淳之地。草木有本心，何求美人折？村民懷著區區之心，拳拳之意，只講究它的當行本色，安分自持，知足常樂。這裡不見得生產奇珍異寶，村民所居，也是容膝可安。儘管過去這些開發及演變的歷史，平凡恬淡，卻也古意十足，其懷舊的價值與地位足與繁華城市分庭抗禮。

村子東北角的景觀已然被變電所毀了一大塊，但村子大部分還堪稱完好，近幾年，隨著休閒觀念的進步，鹿鳴和周邊的景點已經連結起來。遊客從清水岩步行登上十八彎古鹽道的頂端，亭下涼風徐徐，倍感清新，向西可遠眺彰化縣風景，遠及海邊，向東遠望南投縣眾多雄偉的高山。而鹿鳴本身是一個令人引發思古幽情的村落。遊客也可以從清水岩沿著自行車道，抵達鹿鳴的西北角——橫山斷崖。每年春分時節，配合八卦山脈的賞鷹活動，在鹿鳴眺望山下，就能看到灰面鵟鷹翱翔天際的英姿。

「曾記少年騎竹馬，轉眼便是白頭翁。」從天長地久、億萬斯年的角度來看，鹿鳴這一小段故事曾不能以一瞬；我

個人撫今追昔，試著為它沿波討源、造篇摛文，企圖捕捉那一閃石火光陰，不讓它隨著歲月的流逝而灰飛煙滅；固然是享帚自珍，但可聊表一番恭敬桑梓的用心，對於鹿鳴先人不畏寒暑、付出血汗，以及建立淳美優良的民風，由衷表示感謝和懷念。

　　讓鹿重現吧！這是我的殷殷心願，這當中可包含某些意義和理由，於是我寫下〈盼鹿再鳴〉一篇：

　　　　此地先有野鹿麋集，而後有鹿堀之名。鹿有見食相呼的美德，而後村莊稱為「鹿鳴」。鹿實為此地之主，人類只是賓，很久了，不太合理的喧賓奪主。

　　　　由彰化社頭，緩緩而上，綠油油的山林，可以任你們自在徜徉，山上的村落，古樸幽雅，人性昇華，不再從事獵殺。葫蘆潭水依舊清澈，村民隨時歡迎鹿兒寶貝重來聚集，再享天倫之樂。

　　　　藝術家的巧思，畫蝠有福，塑鹿有祿。鹿是祥瑞的仙獸，鹿鳴人生活中亟需有鹿，相伴相隨和祝福。約略言之，鹿有四大象徵之憧憬：

　　其一、積極入世的「鹿鳴宴」：
　　　　《詩經》記載：「呦呦鹿鳴，食野之苹。我有嘉賓，鼓瑟吹笙。」「我有旨酒，以燕樂嘉賓之心。」唐朝為新科舉人設宴，宋朝為殿試文武兩榜狀元設

宴，皆稱鹿鳴宴。勵其積極有為之志，宣示服務國家社會的工作即將推展和實踐。

其二、高人隱居的「鹿門山」：

東漢龐德公曾評價諸葛亮為「臥龍」，龐統為「鳳雛」，司馬徽為「水鏡」，被譽為知人。如此高人，淡薄名利，安閒自得，隱居於鹿門山。明陳繼儒說：「黃石公降一子房而隱谷城，龐德公降一孔明而隱鹿門，老子降一仲尼而隱流沙。蓋名遂而身退矣！」

其三、強身健體的「鹿戲」：

華佗五禽戲，虎、鹿、熊、猿、鳥；虎尚威猛，鹿尚安舒，熊尚沈穩，猿尚靈巧，鳥尚輕捷。鹿戲者：四肢距地，引項反顧，左三右二，左右伸腳，伸縮亦三亦二。體有不快，起作一禽之戲，怡而汗出，身輕而欲食。其弟子吳普行之，年九十餘，耳目聰明，齒牙完堅。

其四、修練成佛的聖地「鹿野苑」：

西元前531年，釋迦牟尼覺悟成佛後，來到鹿野苑詳論四聖諦，度憍陳如等五比丘；佛教的佛、法、僧三寶至此初創完成。「鹿野苑」由是成為佛陀初轉法輪的紀念地，也是佛教四大聖地之一。

我們都愛鹿，也愛四大面向的鹿象徵，衷心期盼野鹿重現，為我們帶來幸福和歡樂！

十八彎古鹽道

十八彎古鹽道頂端——鹿鳴土地公廟

從鹿鳴俯瞰彰化縣

從古鹽道頂端遙望橫山斷崖

葫蘆潭

金天寺

鹿鳴·林家古宅

葫蘆潭邊的金天寺牌樓

鹿鳴與橫山

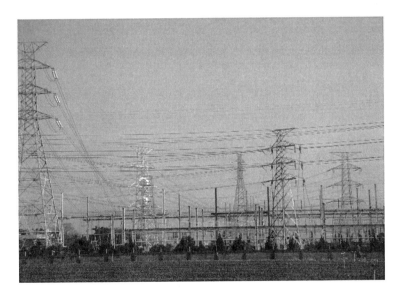

變電所

新開公路穿過橫山的相思樹林。

九、打拼的精神

無論外界環境如何變化，鄉下人打從體內自具努力拼博的基因，而純樸忠厚的特質，使他們更容易接受良善的教化。

古代有志之士都認為較理想的人生是能夠「不與草木同腐」，儘管這個理想談何容易！但還是值得我們終身自我勉勵，全力以赴。

我認為我有一件研究是世界第一，這點讓我感到一絲欣慰。北京大學的王力和臺灣師範大學的陳新雄教授是聲韻學的兩大權威。我的古音學來自陳教授的教導。他的《鍥不舍齋論學集》記載他讀到酈道元《水經注》：「是或瀆瀣之聲相近

矣」，及「氛氳、轒轀……等皆由奉影兩紐組成」時，不禁提出
疑問，表明這是他無法解決的問題。於是我特別花了心力加以
研究，終於解決他的困惑，後來並且得到陳師寫信表示讚美
和肯定；這就是所謂：「我的世界第一」。

以上所提問題，是一個學術資料的奇特現象，簡要舉例
如下：

1. 《周易‧革卦》：「『君子豹變』，其文蔚也；『小人革
　　面』，順以從君也。」「其文蔚也」，《說文‧斐》引
　　《易》作：「其文斐也」。

2. 馬王堆帛書《六十四卦‧豐卦》六二：「豐其剖（蔀），
　　日中見斗，往得疑（疾），有復（孚），溢若。」「溢」
　　字，通行本《易》作「發」。

3. 《爾雅‧釋獸》：「鼫鼠」。《經典釋文》曰：「『鼫』，
　　字亦作『蚡』……《說文》云：『地中行鼠，伯勞所
　　作也；一音"偃"。』《廣雅》云：『鼮鼠也。』」

4. 《荀子‧非相》：「譬稱以明之，分別以喻之，欣驩芬
　　薌以送之。」「芬薌」，《韓詩外傳》作「芬芳」。

5. 《呂氏春秋‧恃君覽‧恃君》：「非濱之東，夷、穢之
　　鄉。」「非」為「渭」字之假借。

6. 《史記‧夏本紀》：「帝予崩，子帝槐立。」按照司馬貞《索
　　隱》，「帝槐」，有的版本寫成「帝芬」。

7. 《史記‧樂書》:「亂世之音怨以怒,其政乖。」按照裴駰
    《集解》引徐廣,有的版本「乖」寫成「煩」。

8. 《漢書‧循吏傳》:「時京兆尹張敞舍鶡雀飛集丞相
    府,霸以為神雀,議欲以聞。」顏師古曰:「此『鶡』
    音芬,字本作『鳻』,此通用耳。」

9. 《淮南子‧繆稱訓》:「人多欲虧義,多憂害智,多懼
    害勇。」劉文典曰:「《意林》引,『害』作『妨』。」

10. 《明史‧卷三百十五‧雲南土司三》,竟然有「思任發」、
    「思卜發」的怪詞,實在是因為當時中國官吏不知土語
    「王」字的發音為「發」,正確的寫法應是「思任王」、「思
    卜王」,《明史》純屬誤記。

　　學術界向來未見任何人處理過這個問題,也從來沒有人
給過答案。2018 年,我前往北京師範大學演講,就是將這個
研究過程和成果介紹給他們;解決這個問題,已然適度修正
了清朝錢大昕「輕唇音古歸重唇」的著名定律。儘管這些研
究成果對於一般社會大眾來說,難免乏味而無感,可是,術
業有專攻,學術問題總要有人擔待起來,再怎麼枯燥無趣,
我必須認真而耐心地加以探索。此後,學界在聲韻學研究史
上,想必非得提一下我這項創獲不行。關於這個話題的論文,
我的論文發表於《南華大學文學學報:文學新鑰》第七期。
也收錄於拙著《國學探索文集》書中,茲不贅述。

北京師範大學

2018 年，我在北京師大演講，右為齊元濤主任。

　　此外，太極拳是我最熱愛的運動，從 1977 年開始，就在鄭曼青大師的高足吳國忠老師的指導下，勤練太極拳。進入職場之後，由於忙碌而暫時停歇，後來拜在葉文寬老師門下，繼續學習太極拳；葉師目前是中華民國太極拳總會理事長。我覺得有機會練太極拳，是我幾世修來的福報。當然這是練

出心得的人才會如此由衷信服。後來，我曾兩度到北京大學
發表論文，並且擔任太極拳研討會的主持人；還曾在此場合，
與我的第三子同臺，頗感有趣。持續努力吧，今後！

北京大學舊校門

北京大學主辦太極拳學術研討會，我擔任主持人。

第二單元

望彩虹

作者就讀碩士班時期，於文化大學大莊館頂樓

鹿鳴呦呦

第一章　演講遇見馮青

　　碩一的時候，有一天，我從牆上海報得知學校女青年會將舉辦一系列的「愛情婚姻」演講，活動分成三個夜晚舉行。

　　第一天由楊教授主講，題目是：「錦瑟年華誰與度——友情、愛情」。演講還沒開始，早已座無虛席了。同學們仍是紛湧而至，教室四周，盡是站立的同學，擠得水洩不通。

　　楊教授走進教室，響起熱烈的掌聲，主持人介紹完畢，演講開始。這時，有兩三位女生一齊走進來，她們早已用背包佔位子，正是最前一排的中央。我和幾位同學擠在楊教授的身旁，黑板前方，找到僅有的立足點，面對全體座位。

　　剛才進來的女生當中，有一位馬上吸引住我的目光，她穿著長褲，看起來顯得樸素。聽到好笑的地方，我不禁看著她笑，說也奇怪，似乎她也是藉機看著我笑。她明眸皓齒，顧盼有神；我試著環視左右，覺得百星之明，不如一月之光。

　　過了兩小時，演講結束。楊教授正要下臺一鞠躬，她卻搶先離去，迅速走出教室，跑得無影無蹤了。

🌳 🌳 🌳

　　第二天的演講，題目是：「眉間心上，無計相迴避——男女之間」，由一位年輕的牟醫生主講。我很早就前往佔位子，翻看書本，靜坐等候。

　　人潮逐漸湧至，昨天所見美女果然又出現了，她穿著金黃色的洋裝，比上回耀眼許多。她在會場上幫忙雜務，準備茶水，動動擴音器，我這才知道她是主辦單位中的一員。

　　牟醫師開講時，她坐在教室中間。演講結束，那位美女的行為和上回一樣，在如雷掌聲中，主席還沒致謝詞，她率先離座，快快走出教室。

　　回到寢室，我悵然若失，一來不知道她的姓名，二來是聽到牟醫師的看法，好像男人很可能有外遇；男人的感情是這麼淺薄而不牢靠嗎？是否社會的真實面目果真如此？為甚麼人類一方面高唱至高無上的純情、愛情價值，說的是一套，做的又是另一套？男女相知相惜，堅持純正的、堅貞的愛情，真的有那麼難嗎？

　　系列演講的第三場，是由祝教授擔任主講人。我為了看她，故意不佔位子，演講開始，已經沒有空位了，我才和一群人站在教室前面聆聽。然而，我可以確定她沒來聽講。

　　回到宿舍之後，我趴在桌上，想要小睡片刻，但實在睡不著，只好拿起原子筆，將這幾天所聽到的牟醫師以外的演講內容記了幾條：

（一）「愛」和「喜歡」有何不同？

　　「愛」必須具備幾大特性：1、眼神相對。2、排他性，亦即不願有第三者在場。3、忘記環境，正因為這樣，公園裡有專業扒手，專偷男女的皮包。4、揚對方之善，隱對方之惡。

5、無法保密，甚麼話都願意說出來。6、愛屋及烏。最後附帶說明：這些羅曼帝克的「愛」的現象不是永遠維持下去，它是在某一階段發生的。

（二）男女之間，有沒有「友情」？

是可以存在的，可是男性的生理特殊，除了「愛」、「喜歡」之外，還有敏銳的性慾；這種特殊的本能和女性不同，它是上帝所賦予的；唯有如此，種族才能綿延不斷。只要男性接受道德規範，克服第三種本能，男女之間的「友情」便能存在。

（三）男女的性心理有哪些重要差異？

男的是：「得到了，就想拋棄。」女的是：「得到了，就想擁有。」前者是種性，人種得以綿延不斷；後者是母性，下一代才能得到很好的保護和教養，也一直歌頌著：「偉大的母親」。男人這樣的特性固然有其正面的功能，但也是一種「劣根性」；你要問天底下的男人：「你最理想的配偶是哪一位？」他們永遠會回答說：「就是還沒認識的那一位。」既然有以上的情況，我們就發現道德修養的重要了，唯有依賴道德的約束，男女之間才可能避免許多不幸事件，過著幸福快樂的日子。

（四）女生可以主動嗎？

在他不知覺的情況下，可以儘量主動，例如掉手絹給他撿等等。

（五）我喜歡的人不來找我，我不喜歡的人卻來找我，我完全拒絕他們，可以嗎？

不可以。妳何不「騎驢找馬」呢？妳可以淡淡和他們相處，而且不能缺乏他們；因為一般人都不敢交一個「沒人要追」的朋友。如果身旁有一群追求者，可能引來更多的追求者。

（六）如何挑選牢靠的對象？

選擇女孩子，要看她家教如何？因為第一流的母親會教出第一流的女兒。選擇男孩子，要觀察他是否孝順；因為一個男子不孝順而能誠心愛太太，是天底下所沒有的事兒。

（七）幾歲開始找尋異性朋友比較理想？

遇到理想的對象，應該是「隨緣」吧，年幼的時候也可能遇到很好的青梅竹馬。但有一個現象是必須參考的，臺灣人的俗語：「大格雞慢啼」，養雞的人都知道，同一批小雞當中，有些很快就進入青春期，羽毛光亮，一副雄糾糾的模樣，並且很快開始啼叫，我們可以一口咬定，說牠：「沒出息」；因為牠在三斤重的時候就不再長大了，將以這樣的體格終老一生。而在這個時候，有些同伴卻是全身光禿禿的、羽毛稀疏，毫無光澤，只顧進食而已，這是「可畏」的雞，後來牠們甚至能長到九斤重。因此，國中、高中生談戀愛或偷嚐禁果，將來的成就往往偏低。

第二章　尋獲

　　演講活動已告結束，我急著想辦法打聽那位兩面之緣的美女。首先，我打電話到女聯會詢問，她們幫不上忙。我又請託中文系學妹向女聯會借閱活動照片，也是沒借成；女聯會總幹事給我學妹的答覆是：「那次演講，坐在第一排的都是老師；如果是學生，我們都會認識。」既然這樣，查訪的工作不得不暫停，而我還是滿心疑惑。

　　有一天，下課後，我走過舞蹈教室，猛然發現「她」，就是「她」，她站在舞蹈教室內。雖然門關著，但透過玻璃，仍然可以確定是她；我精神為之一振。

　　怎奈玻璃的下半為木板所遮蓋。我慢慢移動腳步，登上樓梯半腰，遠遠地觀察；一會兒下來，一會兒又上去，如是者三。同學們還是零零散散地，不成隊伍；有的說話，有的做暖身運動。門外又來了兩位女生，把鞋子擺在外面的櫃子，然後走進教室。

　　我駐足在樓梯中間，盯著舞蹈教室上邊的小段玻璃。發現她顧盼神飛，意氣昂揚，自個兒對著牆鏡扭動臀部，又快又猛，然後自個兒開心地笑起來。我不覺愕然：「我的媽呀！這麼活潑粗野的動作！」

　　上課了，可是，視野畢竟太狹隘，舞者彼此又有相當距離，大夥兒跳的時候，看不到她是否也在跳；看到她跳時，不能確定別人也在跳。我疑惑難解，到底她是老師或是學生。

於是，我到舞蹈系辦公室外面看這個班的課表，發現她們下午有國文課。

下午三點，我走到國文教室。令人喜出望外，終於證實她是學生。老師還沒來，她和另一位女生交談著，無意中轉過頭，看到後門外的我，立即猛然回頭，默默不語。

碰巧，這堂課是期中考，我在教室外頭，時而遠離，時而靠近。「待會兒她走出來，我該怎麼辦？」想著想著，信步走向遠遠的轉角處等候。

她終於出場了，和幾位同學站在教室外面談話，手上拿一隻棍子耍圓圈。不久，兩三位同學朝洗手間的方向走來，我轉個身，略作迴避；直到她們從洗手間出來，走回原位。再稍候一會兒，她單獨朝洗手間的方向走來，我心中暗喜，也是暫時迴避；直到她走出來，我才向前行個禮，說：

「我是讀中研所碩一的學生，我看過你兩次。」

「真的嗎？在哪裡看到的？」

「交友演講會上。」

「你是僑生嗎？」

「不，我是本省人。怎麼啦？腔調不同嗎？」我看她不回話，接著說：「我叫汪旺。妳呢？」

「我叫馮青，二馬馮，青山的青。」

兩人對視一下，我說：「我注意妳了喔！」

「……」馮青微微一笑，說：「我的同學在那邊等我，以後再談吧。」

「再見。」

「再見。」

馮青迅速走向同學，楚楚若仙；我看傻了眼，心中甚悅。

第三章　第一次約會

既已知道馮青的姓名，我當晚寫了一封信，放在學校收發室外面的舞蹈系信箱中。

馮青：

昨天，寥寥幾句，不啻殊榮；妳那超俗非凡的儀表，都算是賞心悅目，引發我這顆易感的心，想必妳萬分自珍才是。我不知道該怎麼形容妳，就說是「女神」好了。

請妳相信，假如以前沒人要我，今天我也不敢寄望妳來要我。為了追求「理念」，我有我的堅持和固執。多少徘徊，多少苦惱，多少惡夢，以前總覺得老天喜歡捉弄我。

只為了能夠得到一位讓我完全傾心的、不折不扣的好女孩，我自律最嚴，甚至我還沒參加過舞會。而我自

認不是冬烘固陋的讀書人，試問：有誰不愛藝術之美呢？因此，衡諸妳我所學，相信這場友誼應該不是不可能的。

「現實我」，是骯髒污穢、貪婪殘酷的，但「良知我」則是湛然清明、冰清玉潔的。我喜歡英國詩人華滋華斯（William Wordsworth）的〈彩虹詩〉，大意如下：

> 我心雀躍，當我看著
> 天上的彩虹，
> 在我生命起源時就是這樣。
> 現在我成年了，仍然未改變。
> 當我年老時，希望也是如此；
> 否則讓我死去。

英國詩人愛默生說：「純潔的靈魂，是世界上最珍貴的東西。」永遠地保存純真、淨潔，那將是一顆炯炯有光、永生不死的心；我要以此自勉。

「雲兒願作一隻鳥，鳥兒願作一朵雲。」世風日下，人心惶惶，而我勤勤恪恪，力圖清白，到底是為誰操守呢？埋頭伏案，上進不懈，心血為誰流？然而，哀莫大於心死，只要有一股信心在，我要和惡劣的環境周旋到底；孜孜汲汲，我在找尋。——「萬里孤帆一葉舟，乘風破浪逐波流。經年未得新生地，不到他山誓不休。」

依稀記得，我曾是鄉村的牧童，是肩夯力作的小農夫。朴忠真摯的性情、刻苦耐勞的精神，是我從田莊帶

來的、引以為傲的寶貝,當然不容外物介入與破壞。慢慢地,在奮鬥的里程上,似乎我覺得逐漸能夠掌握自我。

在大學期間,我曾擔任本校太極拳社社長,我的簡單資料如下:出生、住址、學歷……。

最後,懇懇款款,請妳願意試著認識我,與我作朋友。

汪旺敬上

寄信的時間是 1982 年,4 月 17 日。兩天後,我從宿舍徒步到校外吃早餐,看見馮青遠遠地走來,穿著體育服裝。我和她同時停止腳步。

「嗨!早,妳有課嗎?」

「嗯,你的信,我收到了,文筆很好喔!」

「謝謝!今天中午,妳有空嗎?一齊吃飯。」

「好。」

「十二點,我到系辦找妳。」

回到宿舍,我向同學借電熨斗燙長褲,然後又花點時間吹髮型。十二點,馮青已改穿紫色套頭緊身衣,體育長褲沒變,坐在系圖書室中,面朝外。見我靠近門邊,她立刻自動收書,背起書包,走出來;她的幾個同學轉頭看看我。

　　我說要請客，她毫不猶豫地答應。坐在餐廳的一角，用餐時，我仔細端詳她，說：「妳父母有這麼漂亮的女兒，一定很自豪。」她默不作聲，似乎對這些讚美語不感稀奇。

　　「妳的血型是不是 O 型？」

　　「嗯。」馮青笑著說：「每個認識的人都能猜出我是 O 型，真奇怪。」

　　一餐下來，氣氛很好。她說她是中山女高畢業的，妹妹讀北一女，她的表哥讀臺大醫學院，父親是成大畢業的，現在開工廠。

　　「開工廠？那麼家裡很富裕吧！妳在哪裡租房子嗎？」

　　「住臺大附近，那也是我家，和我表妹、妹妹住在一塊兒。我祖父要我每星期都回桃園，免得在臺北學壞了。」

　　「妳祖父？唉，我都沒看過我祖父，他在我父親十四歲那年就被大水沖走了。」我陷入沈思。

　　「最近我媽在桃園買新房子，要給我住，我打算招小學生來教；現在我已經有幾個學生了。」

　　「現在經濟繁榮，學舞的小孩比以往多，教舞蹈也是很好的出路。對了，我平常怎麼跟妳聯絡？」

　　她隨即給我臺北的電話，並且說：「我晚上十點就會在家。」我將電話號碼收入口袋，兩人步出餐廳，邊走邊聊。

「自從演講會上見到妳以來，我四處打聽妳，也問了女聯會總幹事，妳和她認識嗎？」

「是啊，我和她們一齊工作，很熟。」

「她幫我調查幾天，在電話中告訴我：『查無此人』。我拜託學妹去女聯會借活動照片，借不到，她對我學妹說：『那次演講，坐在第一排的都是老師；如果是學生，我們都會認識。』所以，我第一次在舞蹈教室看到妳，首先要確定的，就是妳是不是老師。」

「妳以為我是老師嗎？」她笑了笑。

「是呀！教室窗口那麼窄，當我看到妳跳，又沒看到別人跳；別人在跳，卻看不到妳。」

走過球場旁邊，我說：「大一的學生會不會很好玩？我一直很忙，不知道我們在心態上距離有多少？」

「我跟一般大學生不太一樣，不會很好玩。」

「不過，我自己知道，我的心理年齡可能小幾歲，也許不致於有甚麼差距。」

「嗯，看得出來。」

我們坐在一棟別墅旁邊的草皮上，樹底下感覺涼爽宜人，兩人相隔大約五步。她兩手環抱在胸前。

「我家只有我一個男孩，我有四個姊姊，都嫁了。此外，我還有一個妹妹。我媽要我快點找到女朋友；當她知道我和

一個大一的同學交往，不知道她會有甚麼感受？」見她不說話，我問她：「妳家裡的人都贊同妳走舞蹈的路嗎？」

「我祖父反對，是我媽出面贊同，我才能報考舞蹈組。別人有些是從專科考進來的，現在底子都比我們好。」

「實力看得出來嗎？」

「當然有差。」

「妳媽很疼愛子女吧！」

「是呀，她很關心我們。像我爸，有時候會罵我。」

我心想：「這麼好的女兒，有甚麼好罵的？」接著，我說：「我爸媽也都對我很好，他們看我長大了，大多會順著我的意見。每次母親節，我都會有所表示，因為她對我太好了。」

「我也一樣，送卡片給她，但是，有時不敢寫得太露骨，我會臉紅。」

「我出身在偏僻的農村，是從小玩大的。農家很忙，所以我很會工作。」

「我很羨慕你有多彩多姿的童年生活，我沒有這種體驗。」

「你最喜歡甚麼科目？」

「上大學以後，已經離開書桌很久了。以前我最喜歡生物，都是生物最高分。國學方面也有興趣，我讀高中時，就

是一位國文老師對我最好。還有英文，現在開始，我要多下工夫去學習，英文很重要。」一會兒，她問道：「你對音樂有沒有興趣？」

「有，我小學的時候參加學校合唱團，練了四年。妳對烹調有沒有興趣？」

「多多少少，總是要學呀！我常試鹹淡，都要試好幾次。」

這時，冷風陣陣襲來，有點難受，我說：「以後日子還長，我希望慢慢的，彼此增加認識。有空歡迎妳到南投，看看鄉下。我也可以去桃園玩，不是嗎？」

「我媽媽非常關心我，我的事情，她應該是很會干涉的。」

「再說吧！覺得冷嗎？」

「嗯，有一點。我們三點要跳芭蕾。」說著，兩人並肩走進校內，在教室大樓底下互道再見。

第四章　碰壁

大體說來，我和馮青第一次約會還算圓滿，內心感到無比高興。

我不敢怠慢，第二天，找時間到教室找她。我拜託她的同學進教室傳話，所得到只是一張字條，寫道：

汪旺：

　　非常抱歉，我覺得我們不適合在一起，我的父母和親友都反對我們交往，而且我認為我不是你心目中那種理想的女孩，所以我們再在交往也屬多餘。我相信你會再找到一個屬於你心目中的好女孩，祝福你。

　　　　　　　　　　　　　　馮青　敬上 71、5、3

　　我不能勉強，只得敗興而歸。晚上寫了一封信給她，問她為甚麼這麼快就改變心意。等了幾天，都沒有回音。夜晚打電話，她的妹妹接聽，總是說：「她不在」或「她睡了」。有一次，是男生的聲音，她的表哥接電話，很不客氣地說：

　　「請你不要打電話來困擾她，她才高中剛畢業，懂甚麼？她的家人都反對你們交往，她對你也沒有好感。」

　　既有男生出面阻擋，事情大概困難許多，我的心涼了大半。而我腦海中又浮現馮青對我一次又一次的笑容，那些應該都是發自內心真誠的笑容吧！一個人的決定可能轉變這麼快嗎？前陣子看似有意交往，怎麼可能這麼輕率就反悔了呢？

　　掛上公用電話，我踱著懶懶的步伐，走進宿舍，上床，蓋上棉被。我的室友是韓國留學生，他見我臉色難看，問道：

　　「你不是說最近認識一個舞蹈系的女生，發生甚麼事了？」

　　「好像蠻有困難的。我們學校的排名遠不如臺大，那個女生有個表哥，讀臺大醫學院，他在電話中阻擋我，似乎我應該知難而退了。」

　　「臺大又怎樣，同樣是韓國來的朋友，也有人進臺大，而我進文化，但是他們沒有比我強呀！」

　　「臺灣人不一樣啦，『臺大』兩個字就夠了，尤其是當它和『文化』拿來對比的時候。」

　　「你要交往的人也讀文化，又不是臺大的學生，你自卑甚麼？」

　　「現代小姐大多以醫學院畢業的人為最理想的對象，韓國不這樣嗎？」

　　「情況類似，但是難道你沒聽說醫生大都很忙，他們的太太很寂寞，搞外遇的很多？尤其是很多醫生有外遇，也會迫使他的老婆以類似的行為加以報復。」

　　「你講的那些是普遍情況，但又不是全都那樣。醫生這一行是很能吸引小姐的好條件，光就這一點，我拿甚麼和他們競爭？」

　　「我看過一篇文章，說醫生是折損率很高的職業，他們的執業生命在各種行業的排比中，也是屬於危險的；尤其是忙碌過度的、專門幫重症病患開刀的「名醫」。以你所學的領域來說，當然有可以拿出來超越對方的本錢，不見得要認輸。」

「也許世間的小姐不太會去在意你說的那些，一般人覺得能在短時間內賺進大筆金錢的行業就是最好的。」

不能得知到底馮青的態度怎樣，我每天晚上總是試著打電話。有一次，她的表妹說：「她還沒回來。」我說：「馮青曾說，晚上十點多，她就會在家。她是不是常常很晚還不回來。」她表妹似乎有點慌，像是怕馮青的形象有損似的，連忙說：「不，不會很晚。」

可是，隔一個晚上，情況就不同了，換她的表哥接聽，依舊是斬釘截鐵的聲音：「勸你不要打來，為甚麼還是打來？馮青每天晚上都會和男朋友出去約會，十一點多才會回來。」

面對這些惡劣的態度，我都能忍受下來，只希望馮青當面告訴我，是否決定和別人交往。寫了幾封信，她又是不回。我的信中說：「令表哥、表妹關心妳，保護妳，我都能體會，我由衷敬佩他們。」

後來，她的表妹改口了，說：「馮青回來了，但她不接電話。」他的表哥從此不再接電話。

第五章　誰謂河廣，一葦杭之

下午，我到教室找馮青，別的同學都還沒來，她穿著一套金黃色衣服，十分漂亮，桌上放著一本《今日美語》。我走到她面前，打個招呼；她一動也不動，慢條斯理的說：

「我的原意是和你做普通朋友，可是，發現你的出發點不是我所想像的，所以不想和你交往下去。要建議你去多交幾個女朋友。」

「我哪來時間去多交幾個？我的出發點又怎麼了？沒有吧！我說過，希望長時期的交往，慢慢的互相認識。有一天，你如果覺得我可以交往，就繼續交往；如果不是，就叫我離開，我知道感情是不用勉強的。」

女生們三三兩兩走進教室，馮青起身找她的同學談話，彼此辦些雜事。一會兒，有位女生走向我，說道：「我可以到外面和你談幾句話嗎？」

「好。」我跟著她走出教室。

這位不認識的女生說了：「馮青已經有男朋友了，她認識你，原來只是想當普通朋友，可是你太認真了，她覺得害怕。她知道你是個好男生，沒經過打擊，她不願傷害你，這封信是要給你的。」

我把信接過來，魂魄有點失守，茫茫然不知如何是好。只說：「麻煩你請她出來談話好嗎，如果她決意要我不來，我以後都不來了。我只想聽她當面說明。」

她進去請馮青，很快地出來答覆：「馮青不想出來。」

「她的意思怎樣？要我以後都不要來嗎？」

「不是，不是。」

我昏沈沈地離開教室，邊走邊拆信。信中寫道：

汪旺：

　　很抱歉，我早已有男朋友了，他現在讀臺大醫學院三年級，我和他相處很融洽。

　　你一開始就誤會我的本意，我只是想和你做普通朋友。……

　　……

　　……誰謂河廣，一葦杭之。

馮青　敬上。1982、5、10

　　她已經有男朋友了，我大失所望，當場撕掉這封信，丟進垃圾桶，快快走回宿舍。在宿舍門口，碰巧遇到文學所的學姊，她說：

　　「聽說最近你的行為有點過火，嚇到了一位大一女生。」

　　「有嗎？我自己覺得沒有過失啊！打電話，她都不接，難怪小事都變成大事了；我又不是那麼可怕的人。剛才我收到她的一封回信，說她已經有一個讀臺大的男朋友了，我把信撕掉，這件事就此結束。」

　　「就當成是一次寶貴的經驗吧。」

　　「我剛才受到太大的衝擊，信也沒看完，就撕掉了。不知道她寫些甚麼，好像最後一句是『誰謂河廣，一葦杭之。』」

「真的？如果那麼寫，是不是暗示你還有追求的希望？」

「唉呀！是不是這樣？這要看前後文寫甚麼吧！我怎麼這樣糊塗！可是她前面何必寫這麼傷人的內容？」我著急地說：「我要去把信找回來，仔細看看。」

可惜，跑回去之後，發現垃圾桶的東西全給清潔人員帶走了。

第六章　讓她有美好的回憶

馮青那一封信是否帶有玄機？隨著信件的消失，已無可考；這些猜測使我再度陷入苦惱之中。

走入中研所，王教授也來關心我，他說：

「電話溝通不如當面溝通，電話是冰冷的東西。寫些書信也是不錯，一個女孩子從交異性朋友開始，直到將來結婚，如果男人夠體貼的話，寫些書信，讓她終身保留著，留下美好的回憶，這不是很好嗎？」

我同意王教授的看法，於是走進書城買幾張卡片，寫道：

「縱使有花兼有月，可堪無酒又無人。」說甚麼山光水色、春花秋月足以令人心曠神怡、陶然而醉。我曾嘗試玩賞，總覺得缺少甚麼，卻又說不上來；有時甚至感到索然無趣，或徒增快悒。知道麼？完美如妳，山水

皆可廢。若能與妳共玩山水、同賞人生，其樂必融融，
給我一見癡心的——
馮青。

　　抹不掉萬般羨戀，口不能言。每欲見面，以喜以懼；
而妳總是一副冰冷的態度，「好難應付啊！」可曾知道，
妳已帶給我莫大傷痛，請妳憐惜我，我腦海中只有一個
妳——
馮青

　　古代君子總是擔心「與草木同腐」，我自覺地要發憤
用功，不僅要做個正人君子，而且要開創出成就，向古
代名人看齊。我知道這是十分艱鉅的事情，但是，妳使
我看到曙光，如能把握住妳，我也會自信地把握整個人
生，開創燦爛的前程，呈獻給妳——
馮青

　　我不求友誼速成，只期盼妳給我微笑，與我言談。
這時候，才是妳開始試著認識我。妳以為然否——
馮青

發出卡片之後，我在晚上打電話找馮青，她妹妹不願答
話，只將聽筒輕輕地放在桌上。我能聽到對方談話和動作的
聲音。幾分鐘後，電話斷了。

第七章　經濟話題

在研究室裡，很羨慕別人有心情看書，而我總是心神不寧。一位學長問道：

「現在交女朋友的事情怎麼樣？有進展嗎？」

「沒有。她避不見面，而且宣稱已經有讀大三的臺大男朋友了。我試著求證這件事。唉！臺大比文化，真傷腦筋！」

「不見得」，王老師停止翻書，轉過頭來，說：「大學聯考的錄取率才百分之二十五，能考上大學的，每個都很優秀。以前我當所秘書，也有臺大畢業的學生來報考我們的研究所，結果只考上備取，後來也沒輪上。臺大不見得怎樣。」

「就是說嘛！而且你是研究生，對手只是大學生。」學長如此鼓勵我，又問了一句：「她家是做甚麼的？」

「她說開工廠，應該蠻有錢的。她的家人和親戚都接受高等教育，難怪標準會定得高。」

「現代女性大多沒有傳統女性『吃苦耐勞』的精神，在談戀愛的時候，除了愛情之外，大多會慎重考慮麵包的問題。在這樣高度物質文明的社會，沒有麵包的愛情會特別感到難過。」

「應該是吧！」我接受王老師的指點，一時無心多談。這時，我記起一個月前，母親上臺北，得知我目前正有意交

女朋友，但還沒甚麼進展。她說：「我們家田地有七甲（公頃）多，讓對方知道，她應該會很放心。」我當時直率地說：「我不想提起金錢財物的話題來交朋友，以免混淆我對一個人的判斷。」母親向來認為女德很重要，因此也就不再多說。現在，王老師的一番話，似乎是我所疏忽的人生現實面的問題，我也許應該做些檢討及自我調整。

我的思緒有點亂，想著：「馮青在約會的時候，聽說我是鄉下的孩子，我也沒說財產等，她就率真地投以羨慕的眼光，並且爽快地給我電話號碼。她的個性令人激賞。倒是我說了鄉下的事情，她的家人會不會誤以為我的家境極差？如果有這個疑慮，當然她會躊躇不前。唉呀，前陣子的不順，是否和這個情況有關？」

最近馮青已拒收我的信，一直將它留在舞蹈系信箱格子裡。但我這次非得克服不行，我趕回宿舍，提筆再寫一封信，拜託韓國來的室友親自幫我拿到馮青的班上。信中告訴她有關我家的經濟情況。

次日上午，遞信成功。下午，趁著上課時間，我跑到教室的後門，瞧瞧馮青看信之後的反應。發現她坐在最後一排，別人都端坐聽講，只有她眉頭攢蹙，趴在桌上睡覺；我可以在很近的距離看著她。

我沒課而她正好有課的時間可不太好找，因此，她也能預料哪門課我可能前往相見。過了幾天，等不到回信，利用上課時間，我再度前往探視。這天，她穿著華麗的服裝、長

裙，這是認識以來，她穿著最講究的一次。一眼望見，我為
之出神良久，茫茫然不自知也。心想：「穿這麼漂亮的衣服，
如果又爆發衝突的場面，該有多掃興呀！」最後，我不得不
離開教室，寫信告訴她，說我有去教室看過她，請她答應與
我交往。

　　中研所在三樓，舞蹈系在一樓，距離很近。我的學姊又
在舞蹈系開了國文課，消息也算靈通。我進入研究室，風聲
傳言竟然一大堆，學長們指責聲也不斷。

　　「如果一開始不要太急，不要嚇壞了她，應該會成功才
對。馮青她根本沒有任何阻礙或臺大男朋友。」

　　「馮青的同學們說：馮青把你寫的信和卡片給她們過
目，都說你寫得太『那個』！」

　　「她們說：他很會寫，人也很乖。」

　　這些話無疑地增加我不少信心，我當然願意耐心等待。
第二天，學長們又得到新的傳言，對我說：

　　「你好好追，本來應該會成功的，聽說你太急，把事情
搞壞了。第一次見面，怎麼可以問人家會不會煮飯？」

　　「沒有。我不是這麼說的，只是問她有沒有烹飪方面的
興趣。」

　　另一個學姊走過來，說：「第一次見面，你告訴那個舞蹈

系的說你母親要你趕快結婚，有這回事嗎？我們的猜測完全正確，那一套不該說的，你都說了。她根本沒有人在追，沒有任何阻礙，都被我們料中了。」

　　我心想：「為甚麼傳言那麼多，又有那麼多人好像在炒新聞似的。真的我做錯那麼多事嗎？」當時情緒實在低落，甚至快要生氣了。我感到氣餒，走到學校收發室旁邊的信箱，發現前幾天寫給馮青的信件沒被取走，就順手取了出來，放入口袋；打算直接到教室遞給她。

　　第七堂下課，我站在教室外面，和教室裡的馮青遙遙對視一眼。第八堂上課開始，我在附近走廊的報架看報紙；不久，走回教室旁邊靜候。終於下課了，馮青獨自快速衝出前門，往樓下跑，我趕緊追下去；跑到五樓樓梯口，她停下來，含羞答答又有點撒嬌地說：

　　「人家不要見你嘛！」

　　我正要說話，她又開始往樓上跑，喊著同學的名字：「愛倫，愛倫」。兩人抵達電梯旁，她挨近同學的旁邊低語。眼前有十幾個人在等電梯，我在一旁踱著，背對著她，她們都回頭看看我。

　　電梯門開了，我快快跟進去。下樓以後，馮青和一個同學並肩走，我只是跟著。一會兒，三個人同時停止腳步。

　　「我給妳的信，妳一直沒拿，放在信箱裡。」

「她不想拿，就不要勉強她嘛！」

「不，是沒人幫她拿。」

馮青收下我的信，我才目送她離開。

第八章　破壞

我回故鄉，母親對學舞蹈的女生有點不了解。說：「上次去臺北，要你帶她來給我看，你說時候還沒到，現在怎麼樣了？愛跳舞的小姐適合我們農村的小孩交往嗎？我們鄉下人節儉又勤勞，如果她只想玩樂，不能吃苦，怎麼辦？我們田裡工作這麼忙，我們家的情況，都市人不見得看得起，必須注意這一點。讀別系的是不是比較好？而且，不可以只貪戀人家外表，女德非常重要。」

「媽，又不是漂亮的女生女德就不好。」

我母親從小就是家中的「大姊」，連她自己的弟妹都由衷畏懼三分，因為她正經，不隨便開玩笑。在我心中，她是勤勞、理智、端莊的好母親，又有一副好心腸。

「你不是說她在刁難你，她會不會是一個很驕傲的女孩？」

「不是這樣啦！只是小姐剛開始覺得這樣好玩嘛！那些情況都算正常，我會張大眼睛的。」

辭別家園，我到永和三姊家過夜。三姊問我有關馮青的事情，我說：「還沒成功，但覺得有趣。她就住在公館，離這兒很近。我們住橋的這一頭，她住在另一頭。」

　　姊夫說：「打個電話，問小姐要不要來。」

　　「現在她不可能來，頂多用電話問候，倒可以試試。」

　　我站在姊夫旁邊撥電話，只想對馮青問候一聲而已。但她的表妹接起電話，說：「她出去了。和男朋友出去約會。」「卡」的一聲，掛斷電話。我愣了半天，不知道該怎麼放下聽筒。

　　此後，我的四個姊姊和一個妹妹常常在電話中討論著我的事情，因為她們覺得我似乎被整得團團轉，懷疑到底是否都是我一廂情願而已？有的擔心我將荒廢功課，影響成績，可能因此斷送美好前程。有的為她算起姓名字畫數，說她是「進退兩難」的格局，然後向母親表示只有一個弟弟，不可不為他樣樣考慮周到。最後，有人提議反對我和馮青交往；我和家人一時之間難免傷了和氣。

　　我相信姊妹們都為我好，而馮青不快點出面澄清一些疑慮，這件友誼快要面臨危機了。5月29日，我寄一封信給馮青：

馮青：

　　聽說，事實上妳沒有所謂很要好的臺大男朋友，是真的嗎？我很高興聽到這項傳聞。

　　4月12日，第一次見到妳，那是令人難以忘懷的紀念日。到如今，四十幾個輾轉反側、竟夜無眠的夜晚，煎熬得厲害了。衣帶漸寬，形影憔悴，親朋憐惜有加，妳豈能忍心。

　　「以色取人，色衰而愛弛。」以心相契則不然；時日愈久，愈加疼惜。上次回家，敬聆慈訓，要我慎勿忽略女德。我只感慨，妳一直避不談話。5月31日，我將到系辦找妳。

　　　　　　　　　　　　　　　　　　　汪旺敬上

　　兩天後，我到舞蹈系辦找馮青。她坐在辦公室看書，知道我來了，她和同學講幾句話，然後一齊走出來，雙方在門口對峙著。

「妳們是同班的？」

「是，我們都是舞一的。」

「談些私人小事，何必這麼多人？」

　　前面一位女生招架不住我責怪的眼神，有點難為情地走進去。

「早就和你說過，不要來找我；而你一再來找我。我告訴你，我不喜歡和你做朋友。」

「馮青的男朋友本來今天打算一起上山。」

「中午一起吃飯，可以嗎？」我用十分溫和的態度對她。

「不要，我和你在一起，很不愉快。」說完，和幾個女生轉身進去。

我這時深深悔悟前一封信壞了好事，不得不拖著沈重的步伐離開。回宿舍，寫一封道歉信。

馮青：

　　誰料得女孩子的心靈是如此地敏感？我固然犯錯，然而，這實在是無心的。

　　假如不是為了求得這般美好的女子，我何必尋覓至今？既然時時刻刻期盼建立這樁友誼，我又何苦故意觸怒妳？如果對妳的為人種種有絲毫不信賴之處，我又怎麼願意窮追不捨？

　　上一封信並無惡意，我不僅要欣賞妳非凡的外表，更願意追求心靈的契合，以至永恆的關切。

　　家母是一位最慈祥的長者，她日夜為我掛心，我當然也會為她的心神健康著想。前幾天，當我描述了矯矯不群的妳，她感到高興。至於叮嚀我「講究女德」，那是舉世皆同的慈母心。

讓我由衷告訴妳，我深信妳是外貌內德雙全的好女孩，而我卻如此難以開口。

倘若有緣，我們暑假見面吧！禮尚往來，我期盼著妳的回音，並且給我桃園的通訊地址。

過了三天，這封道歉信還是被擱在信箱中，她不拿走。晚上，學姊匆匆走進中研所，神色嚴肅地說：「聽說妳困擾她，她痛苦得想要辦休學。」在場的同學、學長們大譁起來，你一言，他一語的，只有指責和譏笑。我的情緒有點失控，說：「你們瞎子摸象啦！」

王教授隨後進來，帶著憂懼的神情，低聲問道：「你知道那件事了嗎？」

「知道了。」我有氣無力的說：「每個人都把這件事當真，這才是我最感無奈的。其實，我的步調已經很緩慢了。」

「有發生甚麼爭執嗎？」

「我的家人對學舞蹈的女生稍有成見，我坦白寫信跟她說了，但我是信得過她呀！還有，前一陣子，很多人都說她其實沒有臺大男朋友，我很高興，糊里糊塗在信中點破這件事。」

「舞蹈是一種很好的藝術，有甚麼不好？還有，臺大的男朋友這件事，你應該把它當成有，不可以點破。」

反正大家都覺得事情不容易收拾，於是各自管自己的事情去了。

晚上，她妹妹接到電話，態度很兇，立即掛斷。我再打一通，她說：「有話快說。」

「其實我沒有傷害馮青的意思。」

「我告訴你，她已經有男朋友了，而且非常要好。有事情直接找她解決，你常常打來，勸也勸不聽，我快要考試了，你知不知道？」

「追求美好的女孩，是每個男人的心願，請妳不要阻攔我，好嗎？」我覺得她願意聽，一會兒，又說：「非常抱歉，妨礙妳們的安寧，但我不是存心要吵妳。如果馮青好好接電話，我怎會吵到妳？我是真的做錯事情、說錯話，才使她傷心，所以想跟她道歉，請妳勸她來拿信，好嗎？」

「我可以幫你勸她，但她願不願意拿，是她的事，我管不著。」似乎她的語氣緩和許多。

我走到信箱處，將 5 月 31 日所寫的信拿回來，拆開，加放一張紙條：

馮青：

　　我本無意傷妳，不料被妳誤會了，我比妳更痛苦，遠非妳所能想像。

　　竟然聽說妳要休學，果真如此，到那時，妳將收到一個消息——我也跟著休學。因為上學對我不再有意義。請妳原諒我的過失，好嗎？

這次，馮青收信了。而且給了一封回信：

感情的事，不能勉強，你明知，卻又何必苦苦相逼。我認為再次的見面，只能更增加你我無謂的煩惱，我相信你亦不願看到我為此憂心，請為我設身處地的想想吧！我倆無緣，祝你有美好的未來，這也是我最後一封回函。

我看了只覺沮喪，她把「設身處地」四字圈起來，而我不知該如何處理。轉眼間，暑假快到了，如果沒有取得住址，就無從聯繫。晚上，我還是硬著頭皮打電話，她的表哥又出現了，一貫地用冷言冷語羞辱我，我有點應付不來。只說：「我有收到她的回信了，麻煩你轉達一聲，明天考試，我會到考場找她。」

考試結束，馮青走出考場，這天，她穿著款式新穎、領先風潮的服裝，褲管長度只到小腿肚，秀髮也經過特別梳理。原本就是大美女，加上刻意打扮，那種亮麗搶眼，真的使周遭的人都變得「粉色如土」了。

我上前要和她談話，她轉身不理；我緊跟上去，她微微一笑，不肯停下腳步。

「聽我說嘛！妳停停好不好？」我超前過去，伸手阻攔。她轉個身，往回走。我再度超前，想攔住她。她終於停下來，看著地下，輕聲而溫和地說：「我不要聽。」說完，又往回走。

不料，她的同學們路見不平，有人擋下我的去路，紛紛圍了過來。

「看到沒？人家不理你。今天還要考試，你怎麼可以來騷擾？」

「不是騷擾，只是想來看她一下。今天不來，馬上要放暑假了，怎麼找她？」

「她跟你說過，她已經有男朋友了，你害她差點兒休學，還來這裡做甚麼？你分明是自損人格。」

「妳們對她好，我知道。不過，這是她跟我兩人之間的私事，幹嘛一大堆人管？要我走，也是她才有資格，請妳們不要介入。」

「你太不自重！」有人再補這麼一句。

「馮青，來請他走，不要讓他在這裡糾纏不清。」

馮青只顧站得遠遠的，背對著我，似乎無意捲入這場紛爭。這群「惡女生」的唇槍舌劍果然厲害，我在火爆聲中，氣呼呼地被轟跑了。

第九章　請妳抉擇

暑假已經開始，我拜託中文系的學弟妹幫我從旁打聽馮青的桃園電話號碼和地址，沒幾天，果然打聽到了。我不知道這些訊息對不對，於是試著打到公館找馮青，正好是她的同學接的，感覺上是幾位同學在場，我說：

「放暑假了，我不知道馮青是否要回桃園住，她家是不是在桃園市成功路……。電話號碼是不是……」

她的同學一邊笑，一邊複誦著說：「她家是不是在桃園市成功路……。」透過電話，我聽到對方是一片大笑聲。笑了一陣之後，那位同學再拿起聽筒，說：「對不起，馮青說她不接聽。」隨即掛斷電話。

雖然馮青不接聽，但我直覺地認為這些桃園住址、電話應該沒有錯。而對方場面似乎輕鬆愉快，很難想像期末考那天與我相互怒罵的一批人，現在能夠和氣地和我對話。

我明顯憔悴許多，許多學長繼續關心著我，而我只能抱怨說：

「她遇到事情都不自己處理，寧願把自己切身的事情交給甚麼表哥、表妹、或班上同學代為處理，這點我不表贊同。如果有人不安好心，在中間動些手腳，到時候她能應付嗎？這個情況令我感到不安。」

「你鼓勵她出面呀！例如拋出一些問題，讓她產生『該怎麼辦』的念頭，然後她會想辦法去解決。不能老是你這一邊忙得團團轉，她卻樂得悠閒。」

我想了半天，打算寫封信，順便附寄幾張照片到桃園，要看她如何處置：

馮青：

　　一位了不起的母親告誡她的兒子：「彬彬有禮對待任何女子吧！那不表示她們高貴，而是代表著你的風

度。」如果妳貶抑我，我覺得這是始料未及的荒唐事。

　　看到百貨公司有一對青玉石的雙獅印，定價千元，我非常滿意地買下來，歡賞它的精緻與名貴。設想，它若由小販拿到門口來叫賣，我可能猶豫半日而作罷。今天，我不知道該如何向妳證明，我有小販的熱心，又有百貨公司那對青玉石的品質。

　　當初，妳我欣然做了一項約定——平淡的交往、長期的體驗，想必沒忘記才是。而今，我已焦頭爛額，形容枯槁，心如死灰，妳究竟居心何在？

　　吃飯時，有一種人喜歡在盤裡翻來攪去，終於挑出中意的食物；另有一種人，則用明眼觀看，然後伸手取來；我願是後者。我曾用心觀察，朋友不在少數，自始確認妳是美好的、不凡的。

　　多少困擾與迷惑，都被我排斥盡淨；多少人撫手嗤笑，笑我捨近求遠，而我都能不以為意；一切堅持，都是為了妳。請妳仔細體察這顆赤誠不易的心，並且給我答覆。祝

　　安愉

　　（ps.附寄照片六張）

等了一個星期，全無回音。我打電話到公館，她的表妹接聽，說：「馮青昨天和她妹妹去美國了。」

「請問她家裡有沒有收到信？」

「收到了，馮青的媽媽也看過照片。馮青勸你很多次，可是你都沒聽進去；她希望你不要再浪費時間了。馮青的媽媽勸她和你好好談一次，要你不再為她浪費時間。」

「我……」我一時答不下去。喘口氣，有點失望地說：「我可能太固執了，……請你轉達一下，將我的照片寄回來就好，我不想和她談。」

「好的，我請馮青的媽媽寄給你。我已高三了，功課很忙，請你不要再打電話來。」她的態度始終溫和有禮。

「好。」

這時，學校出版部招收好幾十個學生開始從事辭典修訂工作，大多為中文系學生，我讀研究所，在工作分組上，屬於領班之類的任務。學弟妹們對於我和馮青的事情多有耳聞，也有人感到好奇。而我正處在「臉面無光」的階段，因此，對多數問題儘量低調而且謹慎處理，例如笑而不答。

※ ※ ※

等了一個星期，並未收到馮青的母親退回照片，我越想越納悶，心想：不管結局如何，也許見面談一次比較好。於是，我試著打桃園電話，是一個小孩接的，我問：

「請問馮青回來了嗎？」

「她去補英文，還沒回來。」

　　我這才知道去美國並非實情，但我只能裝作不知。晚上，我又打電話，她的父親接電話，說：

「她不在，去美國了。」

「我是文化的學生，既然她還沒回國，等她回來，我再和她聯絡。」

「……」對方默不作聲。

「再見。」我很禮貌地掛斷電話。

　　馮青得知我已作了允諾，立即請她母親退回照片，另附一張紙，寫道：

汪同學：

　　前日接到寄給小女的信及照片，因小女出外不在，我代為覆信。

　　從信中得悉汪同學是個條件很好、前途無量的好青年。應該把眼光放廣，因小女高中時候，就有一位很好的同鄉男友，現就讀臺大。所以我們為人父母者，並不希望她有太多的感情困擾，希望你能諒解。以你的條件，要找一位如意的女孩是很容易的事。

　　隨封寄還你的照片，盼你能體諒，勿再打電話或寫信來。

馮伯母敬上

　　這封信的勸退是無效的，因為，據我個人的猜測，那是在我承諾要再找她的情形下，馮青決定請她母親這麼寫。更何況，把男朋友提前到高中時代，更是聞所未聞。經過二十天，我打電話到公館，馮青的表哥接電話，說：

　　「馮青還沒回國。」他的態度不友善，又說：「馮青的母親已經告訴過你了，你為甚麼還打電話來？」

　　「……」我沒回答，只是貼著聽筒。

　　「馮青不理你，你根本就是一廂情願的，你不知道嗎？」

　　「聽說馮青的母親希望她和我談一談，所以我認為談一談也好。」我用和緩的語氣。

　　「喔！……」他好像洩氣的氣球，突然說不出話來，「……是這樣子！……好吧，以後你們再約定好了。」

　　我回家住兩天，再度返校時，肩上掛著背包，手上拎著手提袋，在校園路上遇到馮青，我倆同時停止腳步。

　　「我前天回國了。」她低頭看著地下。

　　「要不要談談，妳有事在忙嗎？」

　　她溫和地說：「我在辦理舞蹈營登記。」一會兒又說：「我覺得沒甚麼好談的。」說完，自行離開，把我留在那兒。

　　我發了幾秒的呆，才感覺肩上、手上的負擔太重了，於是趕回宿舍，卸下背包，洗洗臉，又跑了出來，站在樓上陽

臺往下看。樓下的廣場上，擺了一些桌椅，年輕朋友們陸陸續續前往登記，馮青和同學正忙著受理，她笑逐顏開，容光煥發。她這樣快樂的神情，是我最想看到的，正是為了保留她這種愉快的神情，我今天不想唐突前往，免得破壞風景。

晚上，我打電話到公館，馮青的表妹接聽，說道：

「馮青不是出國了嗎？」

「不，她回國了，今天下午，我們在校園見過面，她說，她前天就回來了。」

「喔。……」她在偷笑。

「請你勸勸她，跟我坦然談話，好嗎？」

「我試試看。」

在工讀這邊，我對學弟妹們不喜歡談馮青的事，但總有幾位學弟妹主動給予關心。有的學妹明明知道我的心在別處，但有空時，還是喜歡找我開玩笑，有的要我幫她看手紋，有的拿名詩來共賞，有的老是吵著：「甚麼時候請我吃冰？」或找機會要一起用餐。我的原則是：給對方明明白白的態度，讓她們知道我的心在舞蹈系那邊，因為我不希望耽擱別人另找對象的好時機。同時，感情這種東西，又不需要做太多的解釋，萬一有人暗戀我，我都深信那句話：情緒是短暫性的，時間可以自然解決問題，現在不用操心或忙著做任何說明。因此，「裝作不知」，是我慣用的方法。

❀ ❀ ❀

我左等右等，就是等不到馮青的回覆，不得不再打電話去。他的表哥接到，說：

「我想勸你知難而退，你希望渺茫。」

「……」我火氣上升，不說半句話。

「馮青的男朋友是我的同學，他們已經很要好，不希望別人介入。」

「能安排時間讓我在電話中談話嗎？」

「有甚麼事？」

「若沒事，道別也好。」

「好，你十一點打來。」

等到十一點，我打了電話，馮青立刻接聽，我十分溫和地說：「馮青，妳為甚麼老是避不談話？」

「汪旺，我真的有男朋友了，請你不要再打來。」

「好吧，祝福妳。」

返回寢室，我對於她表哥操控大局的情況深表痛心和不滿，心想：「除非是馮青親筆回絕我，否則我不甘心。」

於是，我又提筆，寫了一封信：

馮青：

夏日將落，羅馬郊外的堪帕尼亞平原裡——

蒼然暮色籠罩下的田野、丘陵，是如此的寂靜，沒有一點兒聲息。羊兒們大半悠悠自得地吃著草，慢慢走向牢圈——這是羅馬大帝國都城的遺跡。古代不是有堂堂的王者在這兒叱吒三軍，握生殺予奪之權，睥睨世界麼？如今，連一株可贊美的樹也沒有，只見榛蕪滿地。

皇帝奧加斯他斯的大業，高聳入雲的圓頂大理石王宮，如今安在哉？但見一遍荒草，徒令遊子憑弔而已。

只是那邊還剩下一座小塔，塔裡藏著一個金髮白面的少女，忍氣吞聲，東張西望地等候夜總會的戀人？及至戀人來到，忽地趕上前去，兩人無聲相擁著。

黃金的戰車，百萬的大軍，如今片影不存，都成廢墟；但是，男女兩性之戀，有其不變的永恆性；雖經千百年，也不能消滅。幾世紀的紛擾，其勝利、光榮、黃金，悉數化為烏有，只有戀愛是至上的。

以上是英國維多利亞時代大詩人勃朗寧（Robert Browning）所作「廢墟之戀」（Love among the Ruins）的大意。再讓我們看看勃朗寧夫人所作十四行詩之類歌頌愛情的不朽詩篇，是多麼令人神癡心醉呀！他倆恩愛逾恆、鶼鰈情深，是英國文學史上非常有名的愛侶。廚川白村說：「永恆的都城」不是羅馬，乃是戀愛。

有位西方學者說:「沒有一位丈夫在太太還在世的時候,敢把他自己的真實感情生活完全抖出來。」這個論調受到普遍的認同。但其實不全然如他所言,例如克爾羅斯基所著《愛情之福音》一書則提出相反的看法,他說:「如果你相信他不會負妳,他便自然不會負妳。因為如果他負了妳,便不特負了妳,而且負了妳這番真誠的相信,這就使他更不忍負妳了。所以妳真能冒險去相信,妳有一份信心,妳將增多一分妳愛情之保障。」我非常贊同這種講法。

令表哥痛罵我,表示妳們對我強烈反感,不知道這是為甚麼。其實,愛情原是不分階級的。

如果妳前幾天寫信來勸我,我就不會再困擾妳;可是妳逃避了,而沒有回信,使我落得如此難堪。

為甚麼我經得起一次、再次的打擊?因為我肯定妳的純樸與天真。記得初次聚談,妳毫不考慮地給我電話號碼,歡迎我找妳,也答應到中部玩玩,這真是「沒有喪失自我主見」的馮青。不料,曾幾何時,別人使妳拿不定主意;加上我那千不該萬不該的卡片,造成妳畏縮不前。

希望妳仔細體認這一份最專注、最珍貴的感情。在待人接物方面,我自律甚嚴,絕非三言兩語所能道盡,妳拒絕我,我為妳惋惜。答應我,淡淡的做個君子之交,好嗎?假如真心想要拒絕我,我只要求一封態度和緩而誠懇的拒絕函。

7月28日上午，我懷著信函，在舞蹈系辦公室外面的走道遇見馮青，我上前擋住去路，她只顧低著頭，輕聲說：

「拜託！」

「這封信給妳。」

馮青不發一語，收了信，進入辦公室。

初秋涼夕，風月甚美。但對苦煎煎的我而言，並無多大意義。這封信即使當面交給馮青，經過一段很長的時日，她還是沒有半點回應。我再度打電話，也只是自討沒趣罷了，她都不接聽。

第十章　衝突

馮青有意無意地拖拖拉拉，終於暑假結束了。晚上，我打電話到公館，是她妹妹接的：

「她不在，你的最後一次怎麼沒完沒了？」

她這句話實在是夠難回答的，從她的角度來看，指責我說話不算數，倒有幾分真實，但我跑不掉呀！馮青總是對我有所回應，我怎麼看不出來呢？只是別人大多不知道。我滿腹委屈，只能忍著，答道：「因為我一直沒有機會和她談話。」過了一會兒，又說：「請問她今晚會回來嗎？」

「不一定。」

「我目前人在公館，253 的站牌下，麻煩妳轉達，請她出來見面，如果她不出來，我要等到天亮。」

「好。」

我坐在人行道的鐵椅上，平心靜氣地做了一項決定：「只要她出來說清楚，我必定要欣然接受，我不想再被嘲諷了，也不想節外生枝。」

等到十二點，沒公車了，商店也逐一熄燈。這麼晚，她是不可能來了，但我就是要說話算話。坐著不動。半小時後，有四個警察騎著機車，慢慢巡路，我站在原地，不管他們，他們停下來，仔細端詳我；幾秒鐘後，沒開口，繼續騎車向前行。

接著，馬路中央有一輛吸塵車，緩緩前進。又有一輛載水的汽車急駛而過，突然沿著路旁灑水；我躲避不及，長褲濕了大半。

時間漸晚，天氣轉涼。我腹、背各襯一張報紙在衣服裡面，留一張包裹濕長褲。蚊子轟轟來襲，幾乎沒有間斷，我不得不忙著揮打。

深夜的計程車加倍速度奔馳著，許多空計程車在我面前停下來，探望一兩秒，我都沒理會。於是，我趴在椅子的靠背裝睡，免得計程車如此麻煩。

直到天空呈現灰白，我對準臺北車站的方向，慢慢逛過去。路旁有少數人影，都是清潔隊員忙著清理垃圾桶。抵達

臺北車站，搭上早班 301 公車。不料，這班車竟是客滿，全是阿公阿婆們穿著運動服，要上陽明山。

我一上車，立即進入夢鄉。只覺車子猛然搖動，就抵達學校了。走進宿舍，天啊！鏡子裡的我，變成一個小麻臉，佈滿蚊子叮咬的紅點。

轉眼間，經過半個學期，也許馮青認為她才大二，一切可以慢慢處理。

某日下午，我在公車候車處遇見她們，彼此遙視一眼，她們到附近買麵包，而後，馮青單獨向我走來，說道：

「你要寫論文，時間寶貴，不要跟下山，好嗎？」

「妳不要說，我會下山。」我低聲答覆。

對立一會兒，馮青走向她的同學，談三兩句，其中一位同學走過來，說：

「請你不要跟下山好不好？有話到教室去談嘛！」

「我有話要跟她談談，這裡人太多，所以必須到山下再說；請妳轉告她，我一定不會跟去公館，請她放心。」

她的同學走回馮青身邊，傳達了我的意思。

搭上公車，車子很擠，馮青坐在前方不銹鋼的橫條上；三個女生輪流吃一個麵包，一人咬一大口；我站在她們背後看著。

她們在半途一齊下車，我也跟著下車。走到路邊小吃攤，她們圍坐起來；我站在遠處，一會兒，三兩步走過去，對面坐下。說道：

「請妳們給我一次單獨和馮青談話的機會，好嗎？」

「不好。」馮青搶先回答。

「聽到沒？」她的同學一副盛氣凌人的態度說：「她說不好。人家早就對你表明了，她已經……」

「夠了。」我大聲喝止她，說道：「我認為會真心幫助朋友的人太少了，妳們的居心是甚麼？是陷害她？或幫助她？要檢討檢討。」

「你憑甚麼說這種話？你……」

「我生氣。」我用大嗓門壓過她，叫嚷道：「我只是坦白說話。」隨即站起來，說：「好了，馮青，我跟妳一刀兩斷，我是說真的。」

我快快走開，馮青一句話也沒說。

我回到山上，特地寫一封信：

馮青：

　　有一位女生說：「我很喜歡男生寫信來，即使我不喜歡他。這是女生共同的特性，藉此可以肯定自己。」「他常說：『假如不願意交往，就直截了當地告訴他。』」但我

看完，就把它擱在一旁，不去理會就是了。」我聽完這些，萬分傷心。

　　妳算是夠仁慈了，因為妳一直阻止我、提醒我，真要謝謝妳。

　　人要有信心，但是，太自信使我失敗。其實，過分率直之外，我不覺得做出太大的錯誤。而且，直率自有它可愛之處，深信知音人會欣賞它。

　　妳常對我發脾氣，我很希望這是一時的賭氣，而不是根本的「討厭」，我無法確知答案為何。

　　妳曾對我會心的微笑，竟使我沈迷至今，太悲慘了。學識修養比我好的人很多，相信以妳精明的眼光必能做最正確的選擇，祝福妳。我現在很想念妳，可是，我要一天天淡忘這些；在適當的時候，也要試著了解別的女生。

汪旺　　敬上　　1982.11.7

第十一章　上山住宿

　　11 月 17 日，我從山下回來，在山仔后下車。正徒步要進入校區時，正好看到馮青和一位女生並肩走著。好奇心驅使著我，注意她的去處，我們大約相隔幾十公尺。突然，她倆轉個彎，進入一棟漆著紅白兩色的美國式平房裡。我本來

以為她倆前來訪友，也許很快就會走出來，因此，我徘徊半天，不忍離去。

奇怪，過了一個多小時，她們還不出來，於是，我試著打電話到公館，她的表妹接電話，說：

「馮青不在。請問是哪一位？」

「我是汪旺。」停頓一下，又說：「最近，我快要生病了！」

「我沒辦法，對不起。……非常對不起。」她很客氣地掛斷電話。

又等半小時，我再打電話去公館，她的表妹再接電。

「喂，我是汪旺。」

「馮青已經搬上山了，不回這裡。」

「她住山上？」我大吃一驚，「那麼，我已經看到她住的地方了。」

「那就好了！」

「謝謝妳！」

我欣喜若狂，跑到馮青住處，一位女生為我敲門找馮青，答覆是：「不在」。我趕忙奔回寢室，寫了一封信，寫道：

馮青：

　　剛才無意間在路上看見妳，跟了一小段路，來到這

裡。又從電話中得知妳住在這兒，內心真有說不出的喜悅。

過去若有使你不愉快之處，請妳原諒我，我鄭重向妳賠罪。

請妳單獨與我談話；如果有旁人在場，請妳護著我；自欺而後人欺，實在是顛撲不破的道理。

男女交往過程中所遇到的種種甘苦，不宜向朋友描述；說多了，有時候可能增加友誼間的裂痕。因為這種事情的本質是兩個人所擁有，第三者無法貼切感受到；這是我誠心的建議。祝妳好睡。

　　　　　　　　　　　　　　　　汪汪敬上

帶著剛才寫好的信，我三步併成兩步，來到馮青大門外。

房東的兒子約二十多歲，有兩位女生站在那兒，考慮一下，說：「馮青？大概是那個舞蹈系的。」

馮青的寢室沒有燈光，外面的女生開始叫她。房東的兒子走出來，很禮貌地對我說：「請進來嘛！」

我走進屋中，房東兒子發現馮青沒有回應，轉身對我說：「她不在。」

我親自敲門，依然沒有回響，於是拿出信函，對房東兒子說：「我留一些話，想從門下丟進去。」

「卡擦」一聲，門開了，馮青身著淡黃色睡衣，裊裊婷婷，對我嫣然一笑——是勾魂攝魄的那一種；但又立即關上門。

按常理，一時之間不失魂也難，但我馬上努力清醒過來，因為房東的兒子就在我身邊。

「對了，就是這一位。」我很禮貌地對他說話。說完，便將信函從門下放進去，在門邊輕聲說：「我走了。」

臨走前，大約六十多歲的女房東從客廳走出來，指著旁邊一間招待室，很和氣地說：

「以後來找人，就到這邊坐著等，不用客氣。」

「謝謝！」

回到宿舍，在頂樓廣場上走來走去，我獨自眺望山下燈火，也欣賞另一邊紗帽山靜謐的夜景，滿腦子都是馮青那迷人的微笑，真正體會到甚麼是「盪氣迴腸」。我默禱著，請求神明保祐，贊成我和馮青是最要好的一對兒，祈求上天賜我福份，好讓我珍惜她一輩子。

沒料到，第二晚的氣氛迥然不同。用完晚餐，我來到馮青住處，發現房東三人在家，除了昨夜所見兩位，又多了一位老先生，他們的態度異常冷淡，圍坐在大廳裡，只顧玩牌。

「她今晚不回來。」女房東又冷冷地說：「她不歡迎你這樣找她，以後你不可以再來，我們這兒不能讓男生來。」

「我們沒有發生不愉快的事情，我跟她是好朋友。」

「她不喜歡你，她跟我說明白了。男子漢大丈夫嘛，何必這樣！」

「請問她甚麼時候搬來這裡的？」

「……」他們忙著玩牌，不說話。

「可以不可以請妳告訴我，她搬進來的時間？」

「男子漢大丈夫嘛！」

「能不能請妳告訴我，因為這對我的判斷很重要。」

「……」她還是不說。搖搖頭，眼睛看著牌，舉手揮兩下，要我離開。

我站了一會兒，又說：「她可能一時誤會甚麼事而已，她發脾氣可能是短暫的，請妳相信我。」

「都半年了，有甚麼誤會弄不清的。她已經不和你交往了，男子漢大丈夫嘛！哪怕找不到女孩子。」

「……」我說不出話來，只在那兒發呆。

「她父親帶她來，交代我們，不能受到干擾。」

鹿鳴呦呦

「我只請求妳們允許我以後來這裡，好嗎？我不會對任何人造成傷害的，請您放心。」

「不行，有話去學校談，這裡不讓你來。」

我走回寢室，寫一篇〈讓我做一隻耕牛〉：

空曠的大地，
祥和而清幽。
點綴在繁花野草中，
我是一隻力壯的牛。
聽老一輩講：
「降生凡間，無異羈囚。
算了吧！甚麼清夢悠悠。
與人類共處，
豈容我們講究自由。」
「我很認命，
生來本當辛勤。
我願縱橫田疇，
我能助益農收。」
怎奈，她
是一個鬥牛士，
壓根兒，
我跟她沒甚麼仇。
場裡風沙滾滾，
場外嘶聲大吼，

今天，
勢必要迫使一方蒙羞。
哈－啾！哈－啾！
那一件紅色的戰書，
使我
鼻孔發癢，淚水橫流。
讓他醒悟吧，上蒼！
枉費我的本性
實是
一派溫柔。
幾時甘休？幾時甘休？
幾時讓我做一隻
耕作的牛？

寫完之後，丟進馮青的學校信箱裡。

那是一個星光閃動的夜晚，我走到紅屋後面的高地，站在牆外探望紅屋。每個房間都亮著燈，屋裡靜悄悄的，沒有任何聲響。倒是我的背後有一條大馬路，稀稀疏疏地，有車子奔馳而過。

我佇立良久，束手無策。手裡拿著一根短木棒，在牆上寫著：「馮青，馮青……」就這樣無意義地打發時間。

「太遠了，到前面去看吧！但願不要碰到房東。」我邊走邊想。

前面的窗戶半開著，我正要靠近，突然有位女生走近窗戶旁邊；我大吃一驚，趕忙蹲下，心臟砰砰跳，很能感受到所謂「見光死」的意思。也就是說：夜間，一個行為鬼祟、不磊落正大的人，對光線是多麼害怕和厭惡呀！

半蹲的姿勢沒走幾步，房東的談話聲愈來愈接近大門。我連跑帶爬，伏在屋子旁邊的樹籬外側。

房東打開屋旁大燈，來到水龍頭底下洗拖把。她說：

「這些草皮該剪了。」

「天氣轉冷，小草長得慢。但不剪還是不行。」

「那是甚麼？」

「哪裡？暗暗看不清楚。」房東的兒子走向樹木。

「好像會動。」

「是塑膠玩具，人家從牆外丟進來的吧，或是被風吹進來的。」說完，拾起玩具往回走。

一會兒，房東交給兒子拖把，說道：「進來之後，別忘了關外燈。」

「喔！」房東的兒子提著拖把，朝樹籬走來，我滿頭大汗，幾乎要昏過去。突然間，他將拖把甩了過來，披在樹籬上，水滴滴在我的頭上。

　　他走進屋子，關掉外燈。我的頭髮被弄濕了，帶一副洩氣的模樣走回學校。

　　11 月 22 日，我想：「馮青已上山住宿，我還顧慮甚麼自尊、不自尊的？何不去班上找她？何況，她的房東也說：『有話到學校去談』，我應該到教室找她。」不過，首先必須向她的同學道歉，因為在路邊攤上，我曾斥責她們。清晨，我翻身起床，簡短地寫幾個道歉字句：

馮青：

　　「牡丹花好，也需綠葉的扶持。」每個人都需要朋友。我很羨慕妳們一片樂融融的氣氛。

　　貴班的同學為了關照妳，不惜與我怒目相視。如果我不太糊塗，就該感激她們才是，只怪我性子太急了。現在，以一種歉疚不安的神情，帶著衷心的謝意，我來了，請妳代我轉達這些。

　　下午，我在門外等妳下課。

汪旺敬上

　　寫好之後，故意不封閉信封，打算上午第一堂投信，下午到教室找她。

　　第一堂上課鈴響，我抵達大仁館 401 室，發現教室滿滿的，有男有女，顯然是兩班合上。

門邊的同學幫我叫馮青，可是，門反而關起來；是馮青要她們這樣做的，馮青滿面笑容，得意洋洋的樣子。

我打開門，在眾目睽睽下，走進教室中央，遞信給馮青。馮青有點著急，搶先說：

「我不要信。」拿書一撥，把信撥到地上。

老師快來了，我沒料到信函會被撥落地面，更沒有時間解釋或道歉。我唯有速速抽身離去，心裡想著：「妳看了信，就知道這封信的用意只是事先道歉，下午才要找妳談話。」

幾分鐘後，我從陽臺上望過去，知道馮青這兩堂課在考試。今天上午，我自己也有課。於是，我走到對面的陽臺上，和碩二的同班同學打個招呼，然後拿書出來看，準備第三堂上英文課。

馮青走出教室，遠遠地看見我站在陽臺上看書，她又走回教室，將上回在路邊攤旁邊和我爭吵最激烈那位同學帶來。馮青對我說：「你這樣做，引起我厭惡。」說著，把信塞還給我。

「看了沒有？」我把信收回背包，其實，它沒有被封住，她應該是看了。我說：「這是向妳們班上同學道歉的，上次我不該那樣子。」

「她若對你有意思，在路上也會主動向你打招呼。」

「我以前真的要被左右了，可是現在不一樣，我有我自己的看法。我現在就告訴你，不喜歡和你交往。」

「我班上的同學在附近。」我覺得丟臉，小聲提示她。

「跟你說過多少次了，我沒有意思要跟你交往，你一直來困擾我。……」

馮青毫不留情地、大聲說下去，我只能鎮靜地接受指責。我是班上的班代，成績也是很好的，我同班的兩女一男站在陽臺的一邊，終於親自領教到我遭受的欺凌的確不是盧傳；但她（他）們都很給我面子，故意做出很專心看書的樣子，事後也沒有人和我談論或質問有關馮青這件事。

第十二章　第三者

在出版部修訂中文大辭典，即將簽退時，大學部的學妹冷納朝我走來，說：「學長，我知道你的秘密。」

「甚麼秘密？」

「我和舞蹈系那個同學住在一起，看你要怎麼謝我？」

「真的？」我一臉驚訝。

「是真的。實在很巧，我聽說那裡住著兩位舞蹈系的，沒想到就是她。她們兩個長得蠻可愛的。」

「妳有沒有提起我？」

「還沒有，我正在考慮要不要告訴她。」

以前，我一直認為談戀愛的本質屬於兩人所擁有，外人無法深切體會其中甘苦；所以，我很少和外人談論自己戀愛的種種情況。正因為少談，在大家的眼裡，我的近況也會顯得平靜許多。現在，冷納突然搬出學校宿舍，成了馮青的室友，恐怕我以前所遇到的諸多困境，都要全部暴光了。此刻，我的心情不禁沈重起來。

第五天，冷納告訴我，另一位舞蹈系室友名叫小梅。冷納今晚將在出版部繼續加班，而我只上白天班。冷納對我說：

「學長，晚上不用去找馮青，她都跑去貝葉廬（大樓名）同學那兒過夜。如果不在貝葉廬，那就是回公館去了；因為她怕你會去騷擾她。」

既然如此，我也就沒有夜訪馮青。次日，下午兩點，我逕往馮青住處走去，半路遇著上班的冷納，她問：

「學長，去哪裡？」

「找她。」

「她不在，不必去了。」

我不得不半途折返。晚上，我打電話到公館，馮青的表妹接電話，態度完全變了：

「馮青說你的態度太激進，引起她的厭惡；這件事已經不可能了，我想建議你另外找別的女生。」

　　「妳的態度跟前幾天差別太大，我受了多大的委屈，妳知道嗎？她說我太自信，我認為我從來不敢太自信或傲慢。我第一天找她，她態度不錯，還笑了一下。但是，第二天，我受到房東的冷落，她們都不理我，只顧玩牌。我賴著不走，她就說一些氣人的話，還不准我以後去她那兒。接二連三的，馮青的做法，分明是製造別人插手的機會，這樣容易節外生枝，她不知道嗎？她沒想想，房東的兒子年齡和我差不多，她竟然授權給他，要他趕我走。」

　　「這樣的確傷你不小。」她語氣緩和下來。

　　「我不敢到住處找她，因為不敢輕舉妄動，房東又會趕我。我不敢到教室找她，因為她都不給面子。只有妳能幫這個忙，請妳幫忙好嗎？」

　　「我們以前一再看你可憐，幫你說了許多，可是她都不聽，我看講也是白講的。」停了一會兒，她又說：「我講過很多次了，都沒用。她媽媽也勸過她，還有她表哥也勸了她，她都不聽。……」她的談話內容愈來愈玄、愈來愈含糊，終於「卡」的一聲，掛斷電話；留下我滿腦子疑惑地站在那兒。

第十三章　發誓

　　士林戲院正在上演舊片「梁祝」，冷納在工讀的地方提議由她號召幾個工讀生下班後一齊去看，我和中研所的另一男生之外，全是女生學妹。大家一起觀賞影片，倒也覺得有趣。

12 月 9 日，中午，我走到馮青住處，按了電鈴，冷納走出來，站在大門旁，以「不可思議」加上「罪責」而又難為情的口吻說：

「她不在。學長，你怎麼可以來這裡？」

「我⋯⋯」我望著那一副令人難堪的表情，好像誤闖男人禁區似的，頓時無地自容。「我因為一直沒法子見她，不得已才到這裡來。既然她不在，我要回去了。」

我直奔出版部，找一位工讀的學妹到走廊來，我問：

「冷納下午會來嗎？」

「她有課，不能來。」

「妳知不知道她最近為甚麼搬出學校？」

「⋯⋯」她神秘兮兮地笑著。

「到底為甚麼？」

「她心情壞，換換環境啊！你到教室找伊蒂，她們原來住在一起，她比較清楚。」

我利用下課時間，把伊蒂找來，說道：「妳能不能告訴我，冷納為甚麼搬出學校宿舍？」

「因為她最近被男朋友拋棄，心情很壞，所以看到我們有對象的，她都會嫉妒，不好相處。」

「那個男生是誰？」

「是王日。」

「是他？」

「你不知道？」

「是啊，我一直不知道。」我感謝伊蒂告訴我這些，而我內心緊張萬分。當我走回中研所，有位學長告訴我：

「聽說馮青的媽媽希望她將來嫁給醫生，她們班的同學都在笑你，說你寫信好那個；馮青都拿給她們傳閱。」

我回到寢室，決定孤注一擲，寫了一封信：

馮青：

　　有人告訴 A 小姐：「他相思病很重，快要一命嗚呼。」A 小姐回答說：「他若是真心，就該以死證明。」那麼，妳認為 A 小姐如何？

　　令表哥諸位總是嚴厲地責怪我：「你的『最後一次』是甚麼定義？」坦白講，我無言以對。妳有沒有想想：到底這個「言而無信」的窘境是如何形成的？

　　幾位學妹說：「冷納被男生拋棄，凡是有對象的人，她都會嫉妒。」這個駭人聽聞的消息教我寢食難安。她曾用十分責難的口吻說：「學長，你怎麼可以來這裡？（指妳的住所）」

　　我已喪失半條命，就此打住，確實對得起妳了。12月23日，我會親自找妳一次，需要妳的微笑和親切；若失敗了，則該次便是真正的「最後一次」，以後互不來往。如果食言，願受天打雷劈，皇天在上。

　　冷納的態度讓我心寒，如果不把馮青逼出來談話，似乎整個事情都會被搞砸，所以，12月10日，我投下這封信。從這個時間點開始，馮青有兩個禮拜的考慮期；到時候，她必須決定分合。

第十四章　兩個禮拜

　　馮青收到告密的信函後，曾在路上遠遠地看見我，趕忙拉著一個同學慌慌張張地逃竄。我認為「考慮期」就是要她冷靜思考，所以不在意她的反應。甚且，我願意藉這段「考慮期」多發抒一些個人的想法，於是我寫了兩封信：

第一封：

馮青：

　　認識妳以來，我已投注相當多的時間和心血，對功課影響也不小；我只盼望妳早日和我斯文相待，讓我化阻力為助力，在成績方面能迎頭趕上。

　　我曾想過，五六十歲的舞者有辦法和二三十歲的所謂「後起之秀」較量舞藝嗎？她期盼社會人士再給她熱

烈的喝采和關心，辦得到嗎？這是近乎「花開花謝」的
人生。而紙上成就則迥然不同，年紀愈高，成就可能愈
豐碩；也因此愈受禮敬，這就是「修成正果」的人生。
所以，練舞之暇，我想鼓勵妳多進圖書館，研究相關的
書面資料，我願意助妳一臂之力。

　　　　　汪旺敬上。在大樹下寫這封信，與風爭紙，好辛苦！

第二封：

多情郎，多情郎，
笑你舉止多荒唐，
思美人，美人遠在水一方。

朝也思量，暮也思量，
眼看春郊綠，忽忽菊花黃，
怎奈美人忍把心兒藏。
如今我—
冬夜裡，困愁床，
不能忘，心欲狂，
羞說素來最堅強。

看今年
華岡道途上，
鳥兒不語，花兒不香；
天神知我心憂傷，
心憂傷，一日九迴腸。

也曾深夜探西廂，
寒星明月相映煌。
孤雁有翅難飛，
金玉相得益彰，
低語問美人，
妳那純樸的心
要待何時？
不再冰涼。
我心已茫茫，
試圖呼妳相借問：
欲縱一葦，是否可杭？

汪旺 1982.12.13

12月15日，上午，在出版部工讀，冷納走向我的前面，說：「學長，請到外面一下。」

我跟出去，她遞給我一封信——是 12 月 9 日我寫給馮青的那封包括告密以及發誓的信。她神情非常凝重，說：

「學長，你寫這封信！」

「馮青拿給妳看？」我大吃一驚，幾乎要昏倒下去；皺著眉頭，把信接過來。

「嗯！馮青說：『妳一直說汪旺的好話，但是，他卻寫信來罵妳。』所以就拿給我看。」

「……」我喘著氣，虛弱不堪；一時之間，也不知該怎麼說。

「我跟馮青說你的想法實在很幼稚，難道我看到別人有對象，我真的就嫉妒人家？昨天晚上看了信，我全身發抖，氣得說不出話來，馮青一直對我說對不起。」冷納傷心已極，喘著，上氣不接下氣，又說：「不管怎麼說，學妹是自己人，即使我真的犯了差錯，你也不該對外張揚出去。而且，你寫：『被男生拋棄』，這種話能聽嗎？甚麼叫『拋棄』？你說的那個男生是誰？」

「是王日，是聽別人說的。」我見她這麼傷心，直覺地以為她真是無辜的，是我錯怪了她。

「胡說八道，誰說他是我的男朋友？」

「……」我無言相應。

「我跟馮青說，這種事不可能是你憑空杜撰的，你寫說『幾位學妹』，是誰和誰？」

「是一個人說的，因為別人也都神秘兮兮的樣子，我以為她們的講法一致。」

「那個人是誰？她不該造謠。」

我喘一口氣，說：「是楊伊蒂。」

「我就料到是她。」

「這封信，我要收回。」

「不可以。它現在已經是馮青的東西，我必須還給她。她昨天晚上很難過，說她傷了我，一直向我道歉，我說我很感謝她拿信給我看。」

我對馮青的作法大感意外，獨自在寢室中，心緒大亂，忍不住寫了一封信去責備：

馮青：

　　在一位患有小兒麻痺症的朋友面前，我不提跑步有多大益處；在一位斷了手指頭的朋友面前，我不炫耀金戒指；在一位因失戀而傷痛欲絕的朋友面前，我不說自己戀愛有多美滿，這是惻隱之心。我告訴妳有關她的遭遇，難道不是希望妳發揮這種精神嗎？何況人心叵測，我提醒妳防範，有甚麼不對？別人的確這樣告訴我，我坦白轉述給妳，是基於對妳的信任；並且期望妳有默契。而妳的作法是最不可原諒的一種。

　　我知道也許她也一直幫我說好話，即使對她有誤解，也期望將來因為妳我談話而化解它，誰料得妳將信函公布出來。

　　本來 23 日要找妳，我想，現在取消算了。

汪旺 1982.12.15

投信完畢，只短短兩天，不知怎的，我的怒氣已消退了，自己覺得長期以來付出許多心力，如果輕易放棄，實在可惜；

對於前天所寫的信函，也覺得懊悔。因此，我又寫信告訴馮青，表示不再計較上次公開信函的事件，12 月 23 日，仍要依約前往。

20 日上午，冷納在出版部找中研所的一位男生和我，以及大學部幾位同學，說晚上要為某位同學開慶生會，建議蛋糕由我和他兩位讀中研所的「學長」合買，其它食物由大學部學弟妹負責。大夥兒既然這麼熱心，我就義不容辭地應允了。

晚上六點左右，八位同學出席，齊唱生日歌，有說有笑。吃到一半，王日突然來到會場，他平常和大夥兒互不往來，現在竟然也來喝一杯，而且，和冷納交談甚歡。冷納興致勃勃地對我說：

「元月 19 日，是我的生日，我保證留住馮青，請學長買蛋糕來，好嗎？借用我們的場地，說不定還可以開舞會。」

「但是……，我不會跳舞。」我覺得有些為難。

「不會跳，就在旁邊看呀！」

「馮青有沒有對妳說甚麼？」

「她說你很傻。她說你是他入大學以來所認識的第一位男生；在那之前，她遇到男生都會害羞，而你卻嚇壞了她；你的態度很不對。即使她印象對你不錯，可是，她也無法承受你那樣可怕的行為。」

「我很久沒到教室找她了，也不知道怎麼辦才對，我不覺得我的行為有甚麼太可怕的地方。」

「她說你一直說她好，而她自以為不好。你可能只是因為沒有得到而只憑想像，把她想得太好；如此一來，即使你將來得到她，又有甚麼意思？」

「既然有這種擔心，她為甚麼老是逃避？不讓我有機會認識她、看清楚她；說那種話有點自我矛盾。」

「學長，馮青說 12 月 23 日下午，她願意和你到外面走走，你千萬不可以把她嚇壞了。」

「真的？那一定，一定。」我欣喜萬狀，無以言宣。

既已預先得知馮青願意和我談談，我十分期待，也非常高興。21 日，我再度寫信提醒馮青，我寫道：

馮青：

　　和妳單獨談話，是我渴望已久的事，想必妳能體會到。恨不得天天到住處找妳，但冷酷的房東可能阻攔我。恨不得天天打電話給妳，但妳總是不接。

　　我發過誓了，也詛咒自己。也許那是「不該」的行為，而我悔過之餘，也想請妳寬恕。12 月 23 日，是我唯一的機會，可能是最嚴重的打擊，也可能是不可名狀的喜悅，一切都操在妳手中。求妳，求妳。

第十五章　了斷

12 月 23 日下午，我滿懷信心去找馮青。舞蹈教室只開一小縫，有位女生走到門邊對我說：「馮青今天沒來上課。」

「……」我感到失望，立即趕往她的住處，仍是不見她的芳蹤。我疑惑不解，心想：「她為甚麼突然改變心意呢？作怪！」我心中有點氣憤，順路走進商店購買東西。

我不走平常路徑，信步繞往運動場旁邊，就在轉角的地方，發現馮青和一群女生下課了，坐在商店裡頭，準備吃東西。她穿著紫色緊身衣——和以前「一次長談」沒兩樣。

我略略靠近，馮青說：「我不想和你談。」

「我現在也不想談。」我十分鎮靜，轉身離開，手上提著剛才購買的東西。

文化大學創辦人張其昀先生以前當過教育部長，他創校之後，容納不少榮民伯伯，分別看守各棟大樓，或負責校園打掃工作；大仁館也有一位常駐伯伯，只是他的方言很特別，很難懂。我在這裡讀久了，自然地，他認得我。有時候，他會對我傾吐一些心中的話，雖然大多聽不懂，但為了同情他的遭遇，我往往會駐足聽他說一段，分擔一些長期積壓在他內心的「鬱卒」。

這一天，走過教室大樓，那位榮民伯伯又出現在眼前，剛好把有氣無力的我攔下來，伯伯很起勁地說：「……馬

改……馬改……班長……共產黨……營長……槍斃……」說著說著，他一隻腳抬個半天高，做跌倒狀，而後站起來，大笑不停。

我側著頭，靠在牆壁上，面無表情，做了一會兒深呼吸，開口說：「伯伯，今天我正好有事，不能陪您聊天，實在很對不起。」鞠個躬，我轉身離去。

悵惘的黑夜，死寂的大地。我緊閉房門，寫了兩封信，第一封：

為甚麼？為甚麼？
一疊又一疊，盡是
惱人的風波。
莫非老天嫉妒我。
見妳的美好，
見妳的溫柔，
見到妳的心花開一朵。
12 月 23，
預期就要奏凱歌，
豈知教人更難過。
偏勞妳，
向神明
詳細解說。

馮青呀！
自古好事多折磨，

早知道

這是一條

難渡的河。

勿將淚兒流,

勿將眉兒鎖,

命運惹人動肝火,

待咱倆,

以誠心將它打破。

馮青呀!

請三思,

妳的言行間,

將決定我,

是否成了

撲火的蛾。

第二封:

馮青:

　　半夜寫這封信,妳可知道,我快心碎了。

　　我肯定妳的態度,所以不顧一切地掙扎著,或許,今夜妳和我一樣不安穩。「逃避」已成了妳的罪過,妳不知道嗎?實在很不應該。想想吧,提醒妳多少次了?

　　若說妳原本就有意和我交往,到如今,也只有妳親自表白才算數,不是嗎?我真的手足無措,如果妳打電話來,也許為時未晚。

　　事情沒弄個明白，我實在不死心。12 月 28 日，我前往馮青住處，小梅出來，說：「馮青不在。」

　　「我想當面和她談談，請問她甚麼時候會在？」

　　「不知道，那麼，就天天來嘛！」

　　「好。」我決定天天去一趟，直到她出現。

　　不料，第二天早上，我在工讀的時候，冷納遞一封鼓鼓飽飽的信給我，說：「學長，你的信。」

　　「謝謝！」我接了信，拆一小口，發現裡頭全是碎紙片。我緊閉嘴巴，將信函放入口袋中，繼續工作，裝作沒事的樣子。冷納心情很凝重，一句話也懶得說，埋頭工作。

　　工作半小時，我走到無人的角落，把信拆開。我寫給馮青的信許多信都已被撕成碎片，馮青另附一封信：

汪旺：

　　　請你不要再用任何方式來騷擾我，否則，你去公佈欄欣賞你的作品吧。最後一次慎重警告你，我該說的，早已說過。我們根本沒有任何瓜葛，你也不用再作解釋，我是毫不在意你的存在與否。請你好自為之，不要妨礙自己，也害了別人。

　　　Ps.我是基於憐憫之心，才免為其難寫信給你，否則，別怪我對你不客氣。

馮青 1982.12.29

　　馮青的種種作為，在我眼裡，只覺得是「顛三倒四」，不成道理。我不管結局如何，一定要當面看看她。所以，當天夜晚，我照樣走訪一次，冷納出來應門，說：「馮青不在」。

　　「好，明天我會再來。」

　　第二天，是農曆 11 月 16 日，我走在月光下，只想知道馮青變卦的道理。按了門鈴，指名要馮青，一位女生進去請她。我走回大馬路上等候，看見馮青和一位男生從房中走出來，男的身材高大，至少有 180 公分；馮青身著大紅衣裳。是剛烈肅殺、淌血抹淚的氣氛；一步恨，一步悔，她冷若冰霜；終於兩人並排在我的前面，我說：

　　「這位是……」

　　「他是我的朋友。」

　　「其實……這件事她早就告訴我了。……沒想到拖這麼久。」他的神態忸怩不自然，微微笑一下。我覺得他這麼心虛，是很不稱職的「演員」。

　　「有甚麼話，你說吧。」馮青臉色嚴肅。

　　「沒有，我只是來看妳一次。」

　　「其實這種事……」

　　「夠了，再見。」我打斷她的說辭，行個禮，隨即離開。

　　北風慘烈，大地哀愁，我懶懶攤攤地踱回寢室。

❀ ❀ ❀

臺北街頭異常熱鬧，路旁有十幾位行人圍成半圓，看人家叫賣東西，我也過去圍觀。年輕的賣主手持拍板，聲嘶力竭地喊著：

「一千五，還有沒有人要喊？」

「一千五百五。」

「一千六，還有沒有，說正經的，一千七都還不夠買這個雕像的一隻腳。……」

「少年的。」一個低沈的聲音叫我到旁邊，我仔細一看，是一個壯漢，他小聲說：「不買請離開。」

「你怎麼知道我不買？」

「你要買？……哪一種？」

「我剛來，怎麼知道要哪一種？」

「我知道你不會買，請走吧！」粗漢撥著我的手肘。

「他們怎麼都可以看？」我疑惑地抗議。

「他們要買呀，你不買。」

他的後方不遠處有幾個同夥的，都雙目圓睜地看著我；我大搖大擺地離開了，肚子裡燒著一把火。

　　經過戲院門口，我停下來看海報，然後花了 150 元，進去看秀。

　　場中大爆滿，已經座無虛席，我站在舞臺右邊，背靠著牆壁。站立的人愈來愈多，擁擠不堪。整個戲院裡，煙霧迷漫，空氣非常污濁。

　　上臺的小姐，個個脫得精光，拿著一條披肩遮來遮去。大牌明星穿著白色透明衣服，唱著閩南語歌曲〈等無人〉。

　　「來，我要找一個觀眾。」主持人拿著麥克風，趨前幾步，指著第一排中間的紅衣男士，對全場宣布：「這位兄弟打月票的，從下午三點，就來坐在這個地基主的位子，現在我要請他到臺上來，拜個子宮娘娘，讓他回去以後，事業順利大賺錢。來，請你站起來！」

　　紅衣男士喜滋滋地，走上舞臺，主持人早已準備一位小姐躺在那兒，等他去參觀。在眾目睽睽之下，要他擺出伏地叩頭、懇懇死罪的樣子，他感到不好意思，倒也引來臺下不斷的笑聲。主持人接著說：

　　「有一位老先生坐公車，當他想下車時，眼看公車過站不停，他立刻和車掌小姐爭論起來：『喂，喂，小姐，妳怎麼沒有嗶？』『我有嗶』。『妳嗶太小。』『我嗶很大。』」

　　「現在的電影明星不會老，臉上永遠看不到皺紋。為甚麼呢？因為她們常常去做拉皮手術；就是在額頭底下割掉一些皮，底下的皮往上拉緊，縫起來，就沒有皺紋了。拉到後

來，肚臍可能跑到脖子這裡。所以，有人就勸阿匹婆說：『阿匹婆，妳不能再拉了，再拉的話，妳就要長鬍子了。』」

第十六章　似有可疑

我遭受嚴重打擊，情緒最低落的時候，冷納十足地表現同情和溫馨。我和他在校園並肩走著。她說：

「學長，你第一次和馮青吵得不愉快，是為了甚麼事？」

「她說她的家人都反對交往，我自己猜測、反省的結果，覺得我不應該把我家描述成窮困人家的模樣，所以我寫信告訴她有關我的家境；她的態度明顯好轉過來。但是，我卻糊里糊塗的寫信傷了她。她以為我在責怪，就翻臉了。」

「現在馮青有位清大的男朋友，我也看過，他很高。聖誕節前一天，她們班開舞會，必須攜伴參加，他也去了。」

「……」我緘默不語。

「馮青曾經因為收到你的信而哭，她認為你帶給她很大的困擾。她班上的幾位同學來安慰她，有人勸她撕信寄還。她們的言談都對你很不利，我不可能一齊罵你；可是也沒辦法，只好靜靜的聽著。」

「很久以前，她說她有男朋友，我一直不相信，所以試了再試，現在已證實她有男朋友，我當然不必再勞心勞力了。如果以前就得到證實，也不必拖到現在。」一會兒，我又說：「以前她說有個臺大的男朋友，怎麼變成清大的？」

「我看到了，是清大的沒錯。」冷納又說：「學長，聽到金錢問題就改變態度，這種女孩你要嗎？」

「那時，我覺得有點遺憾，後來覺得錯不在她；實際上，我應該負大半責任。喔，對了，妳們是室友，必須相處，可不要受我的影響而誤會她的為人。其實，上學期發生那一件不愉快的事情之後，她說她要休學，我說如果她休學，我也要跟著休學，她才平息下來。她真的不是現實的女孩，這點我信得過。」

「不會，不會，聽了你的話之後，加上我自己的觀察和判斷，我知道她不會是那一種人。我有點擔心，剛才我說了那些話，會使你誤以為她們很壞，其實，她們都很單純。」

民國 72（1983）年元月 10 日，冷納對我和另一位中研所的學長說：「學長，你們說過了，19 日要幫我慶生，提早舉行好嗎？學妹說她們要期末考，到時候會很忙。」

「妳上次說，希望我們在妳住的地方幫妳舉行慶生會。」

「不，我們房東不願意雜人進去開慶生會，怕妨礙別人唸書。所以，我想借用雅雅的寢室慶生。」

我和兩位中研所的同學負責買蛋糕，其他大學部的學弟妹們買汽水、零食等等。活動進行半小時，有位學妹問我：「學長，馮青的事情現在怎麼樣了？」

「結束了，最近，我家人要安排我回去相親。」

「學長」，冷納說：「馮青知道你今晚要幫我慶生，我出門之前，她說她要吃鮮奶蛋糕。先切一塊下來，待會兒我帶回去。」

「……」我感到愕然，繼而有點不安，說：「他們沒有賣鮮奶蛋糕。本來我是不買奶油的，可是老闆把訂單收據都擺好了，我只好訂下來。」

「沒關係，那都很好吃。」

我率先切了一塊，遞給冷納。

元月 29 日，在出版部工讀，冷納以適度的音量對旁邊的女生說：「舞蹈系的女生都搬走了。」

過了五分鐘，我走向前去，問道：「馮青搬走了？為甚麼？」

「她媽媽要她搬回去，因為公館沒人住。」一會兒，冷納又說：「她送照片給我，又題字，我非常感動。」

我不感興趣，專心工作而已。下班之後，冷納找了幾個女生，到我中研所同學那兒聊天，看電視，吃零食；隨後，她們也找我過去。

冷納話題一轉，有點懊悔地說：「學長，我本來想把馮青的照片拿來給你看，卻忘了。」

「看它做甚麼？」我真的覺得索然無趣。

　　元月 31 日，上午，在出版部工讀，冷納走到我的前面，說：「學長，上次你看到那一個，其實不是馮青的男朋友，他是我們學校建築系的學生。你對馮青有誤解，我想找時間跟你談。」

　　話雖如此，下班後，冷納都迅速離開，自行用餐，連續三天，總是神秘兮兮的。第四天，我和冷納一齊用餐。剛開始，兩人沈默不語，將近吃完時，冷納說：

　　「學長，你當初開門見山，太唐突了。她被你嚇到，才會那麼麻煩。」

　　「……」我似乎聽多了，懶得解釋。

　　「馮青說你把她形容得太好，實際上，她沒有那麼好；萬一兩人結合後，你發現她不像你所想的那樣，你一定會很失望；所以她決定不再交往下去。」

　　「這是甚麼話？每個人都有缺點，我也有，我怎麼會去要求她完美無缺呢？」

　　「唉！你們都太那個。」

　　「太怎樣？」

　　「好像各有堅持，也不知道堅持甚麼。可是你對她實在有誤解。」

「我始終低聲下氣的，哪有堅持甚麼？」一會兒，我說：「我曾經對她發過脾氣，但事後覺得懊悔，都會隨即改正過來。」

我一吃完，冷納立即遞上香噴噴的紙巾，態度十分溫柔。

第十七章　打籃球

冷納從我這兒借走中研所的籃球，傍晚時刻，她總是穿著熱褲和絲襪，坐在球場旁邊的水泥階上唸書，籃球則供給一些陌生同學散投；場中兩三個籃球響個不停。場邊馬路，是我出去吃晚餐必經的，我總是不得不向她打招呼，甚至走進球場，練投幾球。之後，兩人一齊去用餐。用完餐，她往往搶先付錢。我都不由自主地認為她那些怪異的行為和馮青有關。

有一天，走過校園，有位學妹帶著嘲諷的語氣說：「學長，冷納穿熱褲和絲襪陪你打籃球，又很會撒嬌，是不是？」她的話聽起來酸溜溜的。

「不要想歪了，沒甚麼。」

自從馮青和冷納認識後，我和冷納常常一齊吃飯，在校園同行，這個特殊的景象引起學弟妹們疑惑不解的眼神，並且傳言紛紛。我想著：如果不是和馮青相關，我何必和冷納走得這麼近？而近日以來，冷納的行為神秘而怪異，而且相當用心，偶爾也會透露她帶著來自馮青那邊的訊息，我看她

這麼辛苦，也就更加懷疑馮青到底有沒有在玩甚麼把戲。回到寢室之後，我在日記本上如是記載：

　　馮青呀，馮青，妳真的有心嗎？妳老是強調已經有男朋友，如果只是為著好玩，我不在乎。但我已經發誓了，妳何其忍心！在那最緊要的關頭，妳忍心如此對待我，怎不教我傷痛至極！

　　為了一個女子，我甚至不為雙親著想，他們會饒恕我嗎？我的罪可以被饒恕嗎？到如今，即使補得眼前瘡，也要剜卻心頭肉！

　　馮青，似乎我能感覺以前妳是有意交往的，是誰在捉弄？是誰在阻攔？是誰在破壞？是命運吧，是它豎起硬鍇鍇的鐵牆，教我不斷隔窗嘶喊。

　　如果妳願意吐露真言，告訴我，妳的心一直屬於我，我將和命運的魔手周旋到底，決不屈服。是李商隱所謂：「春蠶到死絲方盡，蠟炬成灰淚始乾」。

　　想必神明是有愛心的，世間的至情實在稀有，我祈望祂們看到心靈的層面，知道我倆早已心心相印。

　　金風玉露一相逢，便勝卻人間無數。怎麼會是：金風勤飄飄，玉露總渺渺！

　　隨後，我又寫信給馮青，馮青仍是不理。打電話去，她的家人變得比較有耐心，她的母親說：

「汪同學，你是有為的青年，可以找一位比馮青好的。她已經有男朋友，我們不願意看到她再有麻煩。」

後來，我又打了一次，馮青接的，我說：

「妳為甚麼都不和我當面談話？」

「我認為沒有必要，我該說的，早都和你說清楚了。我已經有男朋友，我畢業以後就要訂婚，他常到我家來。請你不要再困擾我。」

「妳一直說有男朋友，那麼，以前要妳寫信拒絕我，妳為甚麼不寫？」

「我覺得沒必要回信。」

「當初，妳為甚麼突然搬上山？」

「搬上山不可以嗎？我為了功課，你到處跟人家這麼說嗎？」

「那麼，我到山仔后找妳，妳為甚麼開門笑一下？」

「我和你說話很難過；請，你，不，要，再，打，電，話，來。」馮青怒不可遏，一字一字、咬牙切齒地說著，說完掛斷電話。

🌿 🌿 🌿

冷納似乎對打籃球產生興趣了，她告訴我，她準備買一個新球還給中研所，舊的她要自己擁有。我勸她擁有新球，

把舊球歸還即可，但她執意不肯，她說她和舊球之間已有感情。

打球完畢，共進晚餐。餐後，坐在草地上。我直截了當地說：

「最近傳言很多，有人問我：『今天怎麼沒跟冷納一齊吃飯？』還有人笑我：『傍晚都有人穿絲襪陪你打籃球。』我感受到謠言的壓力，快吃不消了。」

「……」冷納只顧吃水果，不想解釋。

「妳最近和馮青有見過面嗎？」

「我常常看到她，每次看到她，她都很高興。」一會兒，又說：「學長，你以後會不會打太太？」

「我當然不會打太太，也不會罵太太；如果她真的犯錯，也是在沒有旁人在場的時候點醒她就好了。」

「小梅的馬靴在大莊館，若要和馮青聊天，我可以打電話去，要她通知小梅來拿。喔，對了，有沒有甚麼要我在電話中幫你打聽的嗎？」

「……」我有點倦容，抬頭看看夜晚的天空，然後說：「不提就好了。」過了幾分鐘，我說：「我有點好奇，馮青有沒有對妳提起我說的姓名筆畫的問題？」

「學長，不能要人家改姓名筆畫啦，現在又不是甚麼談到婚嫁的時機。」

「我知道不該對她說那件事。但臺灣市面上有這類書，讓臺灣人不敢不去配合那些吉、凶，那也許只是形式上求心安而已，我們無法論斷。當初是我姊姊向我媽提到馮青的姓名筆畫總格是二十畫，說它的特質是「進退兩難」，我對我姊姊不客氣地辯駁一陣子，她就退縮了，不再堅持自己的意見，只說隨我喜歡就好。我家人已經不管姓名筆畫的問題了，但我跟馮青還是談不成。上次，她對我說：她畢業後就要訂婚，她的男朋友常常到她家，是真的嗎？」

「馮青好可愛喔！她開始都是騙你的。」

「後來呢？」

「到上學期要搬回去時才是真的。」

「……」這些話聽來一頭霧水。

「不提它也好，反正將來都將成為美好的回憶。」

「甚麼美好的回憶？」我無心再談，站起來，說：「走吧，該回去了。」

走沒幾步，冷納說：「學長，不要想她了。以後你的太太好可憐喔！你總是想起馮青。」

「會這樣嗎？」我不由得氣憤起來，用力在柏油路上拍著球，發出宏亮的聲音。

經過商店區，冷納說：「走，進去看球。」

「假如妳要玩，可以繼續借，何必買呢？」

「不，我要買一個去還。」

看完球，她對老闆說：「五百元，好，我後天來買。」我只是看著，懶得多說一句話。走到球場旁邊，冷納說：「天氣真好，傍晚我才投五分鐘而已，現在還要投幾球，你進去吧。」

「好，再見。」我隻身走回宿舍。

第十八章　新學期

又是一個新學期的開始，我已不再回想馮青的事兒，只願讓它自然淡去。但冷納又來了，說：「幾天前，我哥哥運一箱柳橙給我，我特地拿去送馮青，她很高興。」

「喔！」我顯得興致缺缺。

「上午，我又遇見她，她很高興的跑來，又說要練舞；我說晚上要打電話給她。」

工讀的時間，我專心編寫，半日不語，冷納在背後告訴同學：「學長整天想念馮青，好可憐，他太癡了。」

「妳不是在幫他？學長是這樣告訴我們的。」

「哪有那麼容易，他們雙方的個性都很強，家庭意見又多，使事情更複雜化了，一時也說不清。」

晚上，我打電話問冷納：「妳說晚上要打電話給馮青，打了嗎？」

「打了。」

「她怎麼說？」

「到外面談比較好，電話裡不方便講。」

我於是走訪冷納，兩人朝學校的方向走來，坐在籃球場的水泥階上。

「剛才馮青怎麼說？」

「我真後悔遇到你們兩位，如果單單遇到其中之一還不要緊。」冷納說著，不禁笑了出來，又說：「你大概上輩子欠她太多了，這輩子才會這樣。」

我看見她笑，也跟著傻笑，說：「也許吧，記不得了，也許上輩子倒了她的會。」但我很快就轉為正經，問道：「剛才她說了甚麼？」

「我說我不應該說出那位假男朋友，可是馮青說：『說了也無所謂，而且可以告訴他，我已經有男朋友了，名叫○○○。』」

「就只談這樣？」我臉色一變。

「是的，她要我這麼說。」

「如果只是為了這些話，剛才在電話中直接告訴我就好了，何必走這麼遠？」

「馮青說，如果你真的喜歡她，就應該祝福她。」

「可以啊！我知道她很好，當然願意祝福她。」

「其實，這些事，對你以後將成為美好的回憶。」

「甚麼美好的回憶？」我不禁火氣上升，說：「談得上是美好的回憶嗎？整件事情是莫明其妙，我的頭腦中好像被塞入一堆亂七八糟的東西。」

「馮青說你太自信，你是不是把自己捧得很高？而且很自信。」

「這是兩碼事。把自己捧得很高，可能是目中無人；至於自信，那是人人都要有的，怎麼可以做起事情畏畏縮縮的，遇到小挫折就承認失敗？難道馮青喜歡一個沒有信心的男人嗎？」靜了一下，又說：「其實，坦白講，我認為男女交往以至結婚，是自自然然的事情，不必勉強，也沒有所謂『追女朋友』這種困難的事情。當初，我看她只是大一新生，不想讓她在三兩天內就被我追到了，我的確是有心為她留下美好的回憶，才願意接受她一連串的打擊和折磨。我看她似乎也能領受到我的用心，我們似乎在精神上曾經是可以溝通的。但是，很奇怪，演變到最後，整個變卦了，她愈變愈走樣，使我不得不承認必須自我檢討。說不定，我真的一開始就是錯的。也許，她並不是我所想像那種女孩。」

「對嘛！我也跟馮青講過，說我學長不是不明理的人，如果當初她不做一些曖昧的表示，我學長應該不會這個樣子；但馮青說她沒有，說她只跟你講過一次話而已，沒有任

何瓜葛。」冷納又說:「後來她們都在罵你,我都不敢告訴你,怕你懷疑我也在中間興風作浪。」

「在她腦子裡,也許只有醫生最好。沒關係,我相信在我同一層次中,照樣會有我的知音。」

「她不是這個意思。」

幾天後,我在圖書館看書,有位學妹拿書來問問題,我正為她解說。冷納出現了,說道:

「學長,總是被你請,真不好意思,今晚要我請你吃甚麼?」

「……」我用疑惑的眼神掃一下,因為「總是被你請」這一句話實在是胡說八道,反而是她常常搶著出錢,付出比我多。

下班的時候,幾十個工讀生紛紛離開出版部,冷納或從前後,或從左右,總是突如其來地出現,我覺得納悶:「怎麼會有那麼多的『不約而同』」。

在住宿方面,自從馮青搬離開之後,冷納邀請出版部另一位工讀生夏歡進去當室友。住一陣子之後,她們嫌東嫌西的,於是兩人相約到山下士林找房子,也付了訂金。搬家那一天,冷納要夏歡先搬下去,她告訴夏歡:「汪旺學長要來幫我搬,隨後就到。」

　　那天下午，我果然受她的拜託，前來幫忙。走進屋中，覺得空蕩蕩的，我問：「房東呢？」

　　「房東不在。」

　　「平常出入都這麼自由？」我到處走動，發現裡面的浴室是淋浴設備，沒有浴缸。

　　「是啊，怎麼啦！」冷納在寢室裡說：「進來吧，走道有甚麼好看的？」

　　我知道我正坐在馮青睡過的床，心中無限感慨。同一個地方，為什麼當初會變成有如戰場一般的可怕，今天卻是這麼可親近的地方。而冷納現在也要搬下山了。

　　「這是士林的住址和電話，有事可以打給我。」冷納遞一張紙條給我，接著說：「我的東西還沒準備好，暫時不想搬。」

　　「夏歡呢？」

　　「她先搬下山了。」

　　「甚麼時候準備好，要我幫忙的話，通知我一聲。」

　　「還不知道。」

　　次日，冷納卻告訴我：「我不想搬下山了，想搬到學校旁邊。」

　　「妳不是和夏歡約好要下山同住？」

「學長，你不知道真實情況。」冷納似有滿腹委屈的樣子，說：「夏歡學姊讓我受不了的地方很多，例如，每天早上醒來，她都會在床頭坐很久；那種表情，好像我欠她幾十萬似的；然後用腳把床下的東西踢開，我無法忍受她那種態度。」

「看不出來耶！她那麼不好相處？好吧，妳不搬下去，也許過得愉快一點。」

很快地，冷納在學校旁邊的二樓上自己租一間；不知道她是怎麼搬的，因為她沒有通知我去幫忙搬東西。

第十九章　玉照

在出版部，我不經意地告訴學弟：

「我家通知我周末回去一趟。」

「是不是回家相親？」冷納坐在附近，她最關心的大概是這個問題吧！

「……」我只顧工作，不願回答；看似萬念俱灰的樣子。

第二天上午，簽到完畢，辦公室只來了三、四個人，忙著開電燈和門窗。冷納要我走過去，說：

「學長，我要拿一件東西給你看。」

「是新籃球？我說過，要玩的話，可以繼續借。」

「不是。」冷納立即從皮包中取出照片，遞給我，問道：「是不是很漂亮？」

「……」我接過照片，看傻了眼，竟然是馮青的照片。她趴在地上，展露甜美的笑容。我只覺得頓時合不了眼，卻也開不了口，愣在那兒。

「放在你那裡，或是送給你好了。」

我看到照片後面寫了一些字，覺得不適合收下，因為她寫道：

冷納，謝謝妳在這段期間的愛護
和照顧，我會想念妳的，小姊姊。

馮青敬贈 1983.1.27

然後我有點猶豫地說：「怎麼可以？她又不是要送給我。」

「沒關係，拿去吧！」冷納笑得好開心。

我始終覺得冷納長期以來的怪異行為必然有其特殊原因，但我不知道那是指甚麼事情，我只是願意用耐心去求證。許多事情都因為時間夠久而水落石出或水到渠成；不管將來是那一種結局，此刻，我都要儘量以沈著穩健的態度去應對；更何況，我是練過太極拳「推手」的人。今天冷納主動送出照片，是很突然，而其用意也非常明顯。此刻，我寧願相信：馮青同意她這麼做，或是冷納真有誠意或有把握要促成我和馮青這段好事。

當天中午，我坐火車南下，坐在最後一個位子，車子動盪不可抑，正如我此刻的心情。在田中站下車，為了爭取時間，我叫一部計程車，十分鐘就到家了。

我爸媽特地到櫃子裡找出一副老花眼鏡，輪流戴著看照片。我媽笑著說：

「問她要不要到我們家玩嘛！」

「媽，還不是時候，不是不請她來。」

「那麼大了，怎麼還趴在地上？」我爸爸戴著老花眼鏡，仔細地端詳著。

「年輕人嘛！」

「真的很美，沒有錯。」一會兒，我爸爸冷冷地說：「你應該專心寫論文，一切靠緣分；有緣的人就會在一起。」

我和妹妹先到後院看看花草和小貓，隨後打算到前面牆外的田園逛逛；兩人還沒抵達前面的田園，小貓已率先跑了過去，牠會躲在路旁，把主人的腳步當成移動的獵物，突然跳出，抱住主人的腳；有時還會使妹妹突然受到驚嚇而大叫。果園中種植多樣作物：龍眼、荔枝、鳳梨、木瓜、茶樹、枇杷、仙桃、香蕉、芭樂、檸檬和肉桂樹；雖然不是觀賞性的作物，但也能形成一片翠綠。我們邊逛邊發現目前可採收的水果；直到腳酸，走回來，仍是小貓在前領路。

幾個姊姊回娘家來，我躺在床上聽音樂，同時，聽二姊和四姊閑聊天。二姊說：「聽說小夏最近和他的太太快鬧離婚了。」

「是呀，他實在很差勁，結婚不到一年就變了。太太懷孕期間，他公然帶小姐回家過夜；太太生產的時候，他向公司請假，竟然跑去約會，不是去照顧太太。」

「他太太真可憐！但男人都是這樣，喜歡在外拈花惹草。妳姊夫說：『男人不風流的，就是大傻瓜。』聽了真氣人！」

「男人像爸爸那樣規矩的，實在罕見。」

我聽著聽著，也懶得搭腔，因為她們在罵男人，我也是男人之一。而我沒有甚麼好讓她們罵的，反正事不干己就是了。我心裡想：「妳們不知道妳們的弟弟和眾人不一樣，而我不認為我是大傻瓜。」

第二天，返回學校，已是黃昏時刻。發現冷納還在打球。依平常的習慣來推算，那麼，她不是已經打兩個鐘頭了？我感到歉疚，快快跑到球場陪她打幾球，然後請她吃飯。飯後，坐在美軍眷區的草地上。

「馮青的照片，我家人看過了；他們都沒話講，真的很漂亮。但他們並沒有鼓勵我，可能是怕萬一失敗了，我會想不開。」

這時，有一隻狗逐漸走近，冷納笑著對狗說：

「過來，你的兄弟在這裡。」

因為她知道我屬狗，但我還是不以為然，說：「怎麼可以這麼講？」然後轉身對狗說：「過來，應該叫阿伯。」

「哈哈哈——」冷納笑彎了腰。

「我曾經到淡江找同學，那是在晚上，我走入黑巷裡，看見大狗朝我跑過來，拼命吠；起初，我有點兒慌。」

「後來呢？」

「丟餅乾在地上，牠費了很大的力氣，還是咬不起來；我趁機全身而退。」

「嗯，好方法！」

「妳和馮青是不是可以坦誠的、不保留的談話？」

「當然。」冷納點頭表示肯定，又說：「如果你要寫信給她，最好先讓我知道，免得她說我怎麼了。」

「我想專心讀書，不再寫信。」

「也好。」

「妳能不能順便探一下，是不是她願意和我見面？」

「我來打電話，你跟來；如果她願意，你們就交談，好嗎？」

「用當面談的方式比較好吧！電話中不妥。」我坐著不動，又說：「我曾經在電話中問她：『當初妳為甚麼突然搬上山來？』馮青說：『搬上山不可以嗎？我為了功課，你到處跟別人這麼說嗎？』我又問：『那麼，我到山仔后找妳的時候，

妳為甚麼開門笑一下。』馮青說：『我和你說話很難過，請，你，不，要，再，打，電，話，來。』『卡』一聲就掛斷電話。」

冷納聽了只顧笑，說：「我能想像她當時說話的神情。」

沈思片刻，冷納鄭重地說：「我試試看，做個媒人，好嗎？」

「謝謝妳！」

「不過，我不能把握一定能成功，只是願意試試。」冷納歪著頭，說：「現在你的心情好一點沒有？」

晚上，我和韓國室友都在準備考試，但我卻忍不住拿起照片看傻了眼，室友說：「你在看誰的照片？」

「就是那個舞蹈系的。你考試要緊，不要和我一樣不專心，我的自制的能力好像不夠。」

「考試？怕甚麼？你沒聽人家說：『好的衛生棉不必厚』嘛。讓我看看照片。」

我遞給他看，他說：「嗯！好像電影明星。」這時，冷納來，找我到樓下，叮嚀說：

「學長，你不可以再寫信或打電話了，不然，馮青會說你沒骨氣。把事情搞砸了，我可不管你。」

「不會，我只想看書。」

「你呀！我看透了，一定會再去找她。」

「真的不，現在事情還沒有定論，也請妳不要說出去，好嗎？」

第二十章　惹火恩人

得到照片，已過一個星期，我相信冷納也會在這個時候為我的事情奔忙著。

傍晚，我遇見冷納，問道：「最近有沒有跟馮青聯絡過？」

「我來幫你打電話，走。」

「我不聽電話。」我猶豫一下，說：「不要讓她知道我站在旁邊。」

「好。」

冷納打電話到桃園，馮青接電，冷納說：

「馮青，最近情況怎麼樣啊？」

「……。」

「喔，喔，是這樣子。」

「……。」

「幫忙？我覺得兩人都需要幫呀！他是我的學長耶！」

「……。」

「他的個性就是這個樣子，妳又不是不知道。」

「……。」

「對呀！就像照顧妹妹一樣，只要妳能得到幸福，我當然尊重妳的選擇。」

「……。」

「馮青，我的學長能和妳談話嗎？」

「……。」

「好，開學以後再說吧！」冷納掛掉聽筒，轉身對我說：「馮青說：『他還不死心啊？開學以後再說吧！』」走了幾步，又說：「她說她有男朋友，很平穩，現在住在她家。」

「我不和別人搶。」我怒從中來，態度十分堅定。

走到球場旁邊，冷納說：

「你先進去，我要在這裡靜一靜。」

「以前妳憑甚麼理由要幫這個忙？我又不是沒有骨氣的人；妳怎麼不先了解我，就貿然行事。」

「學長，我只是想要幫助你。」冷納坐在階梯上，一副痛苦的表情。

「走，到我那裡，我把照片還給妳。」

冷納站在宿舍樓下，等我拿照片來。接過照片，她很沮喪地說：

「學長，好好讀書，我要回去了。」

我進入寢室歪七扭八地塗一封信給馮青，寫道：

馮同學：

　　冷納打電話給妳，我站在旁邊聽，這兒告訴妳一些事情，順便還我清白。

　　以前，她常常建議幾個同學去淡水吃海鮮，我因為功課繁忙而拒絕了，在出版部工作，偶爾我和別的女生多談幾句話，她可能走向前來，有意無意的干擾與「拆散」。長期以來，從我這兒將中研所的球借去，每天傍晚，我要出去吃飯的時候，總是看到她在球場旁邊看書，腳邊放著籃球；我打個招呼，她才開始投球。不少同學嘲笑她，我也為她著急起來。直到前幾天，我不得已開口提起妳的名字，問起妳的情形。

　　今天傍晚，冷納說要幫我問馮青，我站在電話旁邊。掛斷電話之後，她說：「馮青說開學以後再說吧。」我很冷靜地說：「我不和別人搶。」走到球場旁邊，她要我先進去，她要靜靜地坐著。我說：「以前妳憑甚麼理由要幫這個忙？我又不是沒有骨氣的人；妳怎麼不先了解我，就貿然行事。」她很難過地說：「學長，我只是想要幫助你。」她要我好好讀書，自己回去了。

　　她自以為多事，我自認倒楣。當然，不干妳的事。

知名不具 1983.3.27

　　我魂不附體，神不守舍，到郵局投遞完了。在走回宿舍的途中，黑暗的下坡路上，有一位女生蹲在馬路旁邊綁鞋帶，我沒注意到有人，竟把她踢翻了。

　　「哎－喲！你要死呀！」

　　「死就算了！」似乎我喊得比她大聲。

　　第二天早晨，我拎著皮包，準備前往中研院傅斯年圖書館看書。在通往公車站牌的路上，迎面而來的，正是冷納，她即將前往出版部工讀。我嚴肅地說：「我寫信到桃園給馮青，昨天晚上就寄了，現在要去中研院。」

　　冷納態度冷默，不發一語，滯留在馬路旁邊，我匆匆離去。

　　在傅斯年圖書館看書，大約十點半左右，兩位韓國同學也來了。我們中午一齊用餐，然後到旁邊的胡適公園休息。一個韓國人說：「這是甚麼花？好漂亮啊！」另一個說：「黃色夾竹桃吧，小心，可能有毒。」我一副提不起興趣的樣子。接著，韓國人唱著最近學會的歌曲：

　　　　青海的草原，一眼看不完，喜馬拉雅山，峰峰相連到天邊。古聖和先賢，在這裡建家園，風吹雨打中，聳

立五千年。中華民國，中華民國，經得起考驗；只要黃河的水不斷，中華民國，中華民國，千秋萬世，直到永遠。

「為甚麼說只要黃河的水不斷，中華民國就會到永遠？好像沒有這個必然性嘛！就像孟子用『水必然向下流』，來證明人性必然是善的。我也可以說：『水必然向下流，所以人性必然是惡的。』」這時候的我，心胸似乎狹隘多了。

「我有一個朋友當醫生，他告訴我，他的醫術十分高明，動盲腸手術，只要開一點點小口就可以了。後來，他發現太太紅杏出牆，事情鬧得很激烈；他說，那段期間，每當在氣頭上開刀，他一氣之下，傷口就割長了。」另一個韓國朋友知道我最近的心情不佳，用這些話來點醒我，我由衷感謝他。

冷納靜了三天，才又出現在籃球場上。我和另一位中研所的男學長並肩走著，我邀他一起打球。我們三人打完球，共進晚餐，餐後，一齊去買水果。走到冷納住處的樓下，她將水果交給我提，轉身對身後的老學長說：

「學長，你可以先回去，我要回去換衣服。」

「喔！」這位學長好像突然被無情地趕走，有點沒面子，但也無可奈何，只說：「那，我先走了，再見！」一溜煙跑得無影無蹤了。

　　冷納拿球上樓，換了衣服，下樓來。兩人並肩走著，不到幾十步，遇上交叉路口，冷納對我說：

　　「學長，你先回去，我往這邊走。」說完，向右轉，加快腳步。

　　「妳去哪兒？」我覺得有點納悶。

　　「散散步。」冷納頭也不回，繼續前進。

　　我緊跟在後，經過教堂附近，我開口說：

　　「馮青……」

　　「馮青怎樣？」冷納突然大吼一聲，脾氣可不小。

　　閉著嘴，繼續向前進，終於在文大華表的旁邊停下來。我坐在路旁鐵椅子上，冷納不說半句話，面對華表站立著，很久很久。我覺得她實在無理取鬧，於是站起來，不客氣地說：

　　「進去好了。」

　　兩人一路無話，走回學校旁邊。她用峻刻而又傷心的語氣說：

　　「你寫信做甚麼？那些是委婉的開場白，你知不知道？可知道別人會怎樣想？」

　　「是這樣？對不起。」

「⋯⋯」冷納不理我，快速走向美軍眷區。

我不願解釋，也不想再跟了，隻身走回學校。

接連幾天，冷納都不理我。直到有一天，工讀的時候，我對她說：

「妳一直熱心在幫我，清者自清，不用管別人怎麼說妳。我會為妳澄清謠言。」

「我每次想到伊蒂那些惡毒的話，我就很難過。」說著說著，她幾乎哭了出來。

「放心吧，妳是無辜的。」

第二一章　勞而無功

冷納既然表示前幾天和馮青在電話中所談的只是「委婉的開場白」，那麼，這齣戲她不唱下去也不行。

沒有事先聯絡，我的母親到文化大學來，對我說：

「跳舞系那個女孩在哪裡？把她找來，讓我看看。」

「媽，我正要趕論文，暫時不去考慮這件事好不好？」

「看一下就好，不耽誤你多少時間。」

「您在寢室坐，我出去一下，問看看情況怎樣。」

我直奔出版部找冷納，說：

「我媽來，說要見馮青。」

「不行，不行。馮青怎麼會答應？你媽這麼正式要找人家談話，馮青不被嚇壞了才怪。」

「怎麼辦？」

「你跟她說馮青今天沒課，不在華岡。」

我母親很失望，我送她到臺北車站。在公路西站裡，我為她提手提袋，說：

「媽，請您放心，不是好女孩，我一定不要，請您放心。我也不是故意要讓您傷心，這件事實在不好辦。」

「你自己要睜亮眼睛。」

「知道。」我看著她上車就位之後才離開。

我的許多親戚、或同村莊和我同年齡的或比我小的年輕人，紛紛發布結婚的訊息，我母親不能不參加他們的婚禮；在那衣香鬢影、神采奕奕，人聲雜沓、笑語喧闐的結婚典禮中，親朋好友總會問道：「汪旺找到對象沒有？該結婚了。」

「他忙著寫論文，還沒有談成。」我母親一再把這類愁緒拖回家。

周末，我回南投一趟，家人都持異議。

「哥，我想，你是當局者迷，我們是旁觀者清。實在沒有這麼離譜的事，你太執迷不悟了。」

「是冷納自己說要幫忙，而且拖著我，不讓我放棄或離開。」

「冷納，冷納。都交給冷納去辦，那麼馮青算甚麼？如果她對你有意思，就會主動把握機會，哪有從頭到尾都在逃避的道理？這樣還能說她對你有意思嗎？」

「對啦！對啦！我很笨，但是，我告訴你，既然世界上有我這麼笨的男生，我相信一定也有像我這麼笨的女生。我就是在找像我這一種的。」

第二天早上，我母親在廚房裡整理內務，不徐不疾地對我父親說：

「桃園這個女孩，一開始就很奇怪，我不欣賞她，汪旺偏偏執意要這一個。」

「管他的，說也說不聽。」父親說著，戴起斗笠，從前門往外走。

「媽。」我從屋後走進廚房，帶著感傷說：「我覺得她比別人好，而且她也願意和我交往，不然，我何必執迷她呢？一個未娶過門的小姐，您說已經不喜歡了，以後怎麼辦？」

「……」母親也懶得回話了。

傍晚，我抵達永和三姊家，三姊說：

「家裡曾打電話來，對你感到失望，說枉費爸媽從小疼愛你；現在長大了，爸媽的勸告卻聽不進去。」

來自各方的壓力，我都默默承受，反正多說也是無益。回到學校，遇見冷納，她說：

「我見到馮青，她要我不再理你。她媽媽說如果今後你和她打招呼，也才回個禮；如果不打招呼，也就算了。」

「馮青既然已經有男朋友了，妳上次說她答應開學後要和我會談，實在是多餘的。」

「你的朋友觀念這麼狹隘嗎？」冷納嚴厲責備說：「她已經有男朋友了住在她家了，願意和你談話，做個普通朋友，不可以嗎？」

「……」我靜靜反省一會兒，很篤定地說：「是我不對，好吧，無論如何，我願意和她談談，請妳跟她說一下。」

「嗯！我試試看，去約她出來。」

「謝謝。」

兩天後，冷納帶著沮喪的神情造訪我。

「妳怎麼了，不太高興的樣子。」

「還不是為了馮青！」

「發生甚麼事？」

「失敗了。」冷納幾乎要哭出來了，說：「我到底上輩子欠你們甚麼？這輩子老是為你們的事情嘔氣。」

「真對不起，以後請妳不要再操勞了。」

「馮青今天卻說她只是在路上願意和你打招呼，而不是願意赴約，她很堅決。」

「馮青的態度向來就是這樣莫明其妙，我也看多了。妳以後不必再管這件事了，到此為止。讓妳奔波這麼久，真不好意思，我還是非常感謝妳。」

既然事情已告一段落，我覺得當務之急，是為冷納闢謠，我應該不和她走在一起，免得同學們對她冷嘲熱諷。中午，我從出版部走出來，對冷納說我從此要自己去吃飯，說完，加快腳步就要離開，冷納笑著說：

「沒關係啦！一齊到外面吃。」

「我真的想在裡面吃。」隨即速速離去。

傍晚，先澡完畢，小睡片刻，大約八點多醒過來，韓國室友走到床前，問我：「冷納在球場打球，你怎麼沒去？」

「你看見她在打球？我不想打了。」我覺得已經能定下心來看書，不想理會那樁麻煩的事兒。

從幾年前至今，有許多女性，尤其是學妹，對我還真有心，例如有人說：「我嫂子催我趕快嫁，說若是看到一位老實

的，就要我趕快嫁出去。」有人遞東西給我，卻有意無意的伸得太過，順便握了我的手，似乎在試探我的反應。有人送我小卡片，上面畫著星星和大腳印，好像是暗示約會或甚麼的。有的用言語雙關法：「學長，甚麼時候幫我抱(書)過去？」有人運用「借書不還」法，也許是要製造談話的機會；如果不是非討不可的重要書籍，往往我從此不催討，送她好了。有人特別對我強調：「我一定乖乖的。」有人趁著我下山去，買了鮮花，跑到我的宿舍，在我室友的面前，把鮮花插在我的大型杯子裡。有個已婚的女同學，抱著小孩來學校，當著我的面，公然問大家：「妳們看，長得像不像汪旺？」「忙就是盲，忙不能當成藉口。」有人寫來賀年卡，末尾寫道：「敬祝：新年如意，山川溫柔」。兩位我認識的女性在聊天，當我走過時，有意無意的聽到一位說：「自古以來，凡是偉大的男人，都不是一個女人所能獨占擁有。」另一個簡潔有力的說：「對！」那些言論，我都當成耳邊風，不放在心上。我也用不著做什麼鄭重聲明，因為我沒有花心，不曾對女生有不端的行為，這也許是我承受父親的風格。

這個篤定的態度，也要歸功於某位學姊，她在我大二的時候，就告訴我：「任何女生對你有意思，你如果不想和她進一步發展，什麼都不必說，裝做不知就可以了。因為人的情緒是短暫的，時間可以為你解決這類問題；解釋了，反而不好。」

我為了寫碩士論文，已不常到出版部工讀；冷納情緒不佳，常常趴在桌上。幾天後，變成請假，不來工讀。有時候，據說她格外熱心，在出版部一邊工作，一面逢人便問：「汪旺

學長去哪裡？是不是去中研院？」有人以為她真的有急事，特地夜間趕來通知我。我對於冷納所作一連串的怪動作也始終感到不解。

第二二章　家人瀕臨崩潰

我妹妹忍不住寫信給馮青，想知道她的真實情況。

馮小姐惠鑑：

我是汪旺的妹妹，也許比妳大一歲，目前在小學任教。

家兄交朋友的事情，向來是我們家人極度關切的。從他的描述當中，我們相信妳是一個端莊賢淑的好女孩，家父母都樂於接受這項消息。

為甚麼這件事情拖延那麼久呢？是不是妳的表白有些模糊，令家兄覺得撲朔迷離呢？或純粹是家兄單方面的誤解呢？

在感情方面，由於家兄抱持不輕易、不苟且的態度，以致到現在仍然繳了白卷。他的品行不錯，感情也很專注，竟然在妳這裡一再遭受打擊，我們不禁為他叫屈。

明顯地，他回家的次數減少了，也不再按時打電話回家了。每次回來，他那黯然神傷、鬱懷不解的模樣兒，教我們看在眼裡，痛在心裡。他曾和家人發生爭論，他

說：「既然世界上有我這樣的男孩，我相信也有這樣的女孩。」我們已束手無策。

　　為人為己，請妳與我們合作，給我確定的答覆，讓我們好辦事，謝謝妳！

同時，妹妹在電話中告訴我，她已經寫信給馮青了，要我樂於接受任何結果。

冷納和我在校園相遇，冷納說：「看你的樣子，好像有話對我說。」

「沒有。」

「騙人！快說。」

「嗯，我想想看。」我沈思幾秒，說：「好，我說。妳以前曾經告訴我：『只要欣賞，就另外去追』，我願意接受這個建議。我家人看見我終於想通了，他們都很高興；看到他們高興，我也就跟著高興起來了。」

冷納大笑起來，一會兒，拉緊衣服，說：「風好大喔！」

「我妹妹打電話來，說她寫信給馮青。」

「就試試好了，馮青一定會被嚇壞的。」

「她以前老是不回信給我，不知道她會不會回給我妹妹。」

「我去勸她，勸她回信。」

「謝謝！」

很快地，我妹妹收到回信，隨即打電話通知我：「哥，馮青回信了，說她已經有男朋友，你不必難過，機會還很多。」

「……」我一時也答不出來。站了幾秒，說道：「妳把她的回信寄來給我看看。」

接到信函，夜晚，我拿給冷納看，她站在路燈下看信。

「妳上次說要勸馮青回信，她回這樣的信。」

「你相信她就好了。」

「冷納，馮青對我很好，她的語氣變得溫和了，她是要的。妳看她寫的……」

「好了，好了。」冷納感到不耐煩，不想聽下去，責備地說：「我看你連寫論文的心情都沒有了，這樣可以嗎？」

「這只是我的猜測，不知道對不對。不過，她的態度好像轉好了。」

「我帶她來看你，好嗎？」

「她信得過妳嗎？妳的話她聽不聽？」

「當然相信啊！我對她那麼好，一直照顧她。」

「好啊，甚麼時候？」

「這就必須等待適當的時機。」她更加沈穩地說：「我上次看到馮青，我說：『我學長人很好呀！』她不說甚麼，只是笑笑。」

「不管怎樣，讓她出面說清楚也好。」

「我要你們將來有美好的回憶，我要將你交給馮青保管。」

我總算聽到最明白的承諾了，千恩萬謝在心頭。我認為必須堅持到最後。

不久，我母親打電話要我回家一趟，我剛踏入家門，已是下午五點多了。

「爸媽去哪裡？」

「去田裡。」妹妹說：「馮青的事情真的該結束了。」

「哎呀，妳們懂甚麼？冷納跟我說得很清楚，就等一陣子嘛！」

「別人家的狗跑來，咬死我們的大公雞；媽媽這幾天一直悶悶不樂，操心這個，操心那個。」

「……」我的皮鞋只脫一隻，不脫了，躺在椅子上，表情木然。

「二姊知道你要回來，她下班後也要回來。」

晚上七點，我們全家圍坐用餐，一口還沒吞下，話題已經展開。我母親說：

「桃園那個女孩既然回信說她已經有男朋友了，我們另外找，不怕找不到好女孩。」

「媽，她真的對我很好，冷納確定說要幫助我。」

「如果她真的有意思，我看她就是心高氣傲型的，要壓倒我們家人是不是？」妹妹真的發火了，又說：「那種和我們家不合。」

「她才不是，妳了解甚麼？」

「是誰不了解她？因為她長得漂亮，你就不顧別人的意見，說她甚麼都好。」

「我跟妳說，她對我有意思，我才會等到今天，不然我何必呢？妳不應該說這種話。」

「不要太執迷不悟了。」二姊說：「我看這位很有問題，我們另外找，外面小姐多的是。」

「不要，不要；我說不要就是不要。」

「哼！」妹妹也大聲起來：「他就是這樣的脾氣，勸也沒有用。」

「汪旺！」母親再一次苦勸：「我們是為你好，擔心你受騙。」

「你這麼不聽話，應該嗎？你一直說她對你有意思，爸媽要你帶她回家給我們看，可是，人在哪裡？」

「最沒有用啦！自以為是。」妹妹愈說愈絕。

「你應該接受我們的勸告……」

「啊！——我不聽。她對我很好，妳們硬要將我們拆開，死了算了！」我打斷二姊的說詞，面紅耳赤，站起身來往外衝，用力推開紗門，「碰」的一聲，紗門幾乎要掉下來。

霎時，裡外一片寂靜。我站在屋後，趴在柱子上。母親走出來，牽著我的手，輕聲說：

「快進來吃飯，統統依你自由。」說完，牽著我回到座位上。

「我都不管你，隨你要誰就要誰。」父親漲紅著臉，既慌張，又傷心，說：「反正我把聘金準備好，你說要結婚，不管是誰，都隨你的意思，到時候聘金給你就是了。」

「我們不會阻攔你，你放心。」二姊又說：「快吃飯吧！」

第二天，我重返校園，剛剛經過一盞路燈底下，漆黑之中，有人伸手攔截我，仔細一瞧，她是冷納。

「走啦，學長，請你吃東西。」

「不用啦！」

「走吧，我請你。」

「我又被調回家了；現在回家也怕，打電話也怕，因為馮青的事情，我無可交代。」我開始和她同行，走向商店區。

「以前，你打電話給馮青，她都不聽，就把聽筒放在桌子上；過了很久，再拿起來聽，發現你還是講個沒完。」

「笑話。她們把聽筒放在桌上，我怎會不知道？她們說得太誇張了吧！」

「我以前曾經和小梅談過，她說追女孩子何苦追到這種地步；她們班的同學都在笑你，像個大傻瓜。」

買了水果，冷納不肯讓我付錢，兩人走向美軍眷區。

「學長，前陣子馮青忙著要參加電視大學城的節目，你知道嗎？」

「哦，有這種事？」我說：「演藝圈是一個漩渦，捲進去的人往往不再像外面的人那麼純樸了。人家說：『在山泉水清，出山泉水濁。』很少演藝圈的人有從一而終的觀念，這是我看輕他們的原因。」

「馮青說，以後她的先生休想干涉她個人在專長方面的發展。」

「舞蹈是一種藝術，但何必說得那麼強硬？如果說她不是為著藝術，而是因為好虛榮而上電視，我也會瞧不起她。」我接著說：「我心目中的好女孩是智慧、美麗、道德操守三方面齊全，現在的影歌星，大多有所殘缺。」

回到冷納住處的樓下，她說：「過來看看，這隻狗愣愣傻傻的，跟你一樣。」

「……」我覺得她無理取鬧，不願搭腔。

她快快上樓，拿著一瓶高級蜂蜜下來，堅持要我收下。我不得不接受贈品，但又神色悵惘地說：

「前幾天，陳臺笑我，他說他覺得很奇怪，王雅、豆豆、小如都對我那麼好，而我偏偏要舞蹈系那一個。他說：小如在各方面都比馮青強。」

「你不要聽陳臺亂講，小如怎麼能跟馮青比？」

「我只是說說而已，並沒有追小如的意思。李樸住在我隔壁寢室，他很想追小如，但小如是不是喜歡他？那就不一定了。」

第二三章　漸趨明朗

我左等右等，等不到好消息，於是再寫信問馮青。

馮青：

在華岡道路上，冷納指著路旁的狗，對我說：「你看，愣愣傻傻的，跟你一樣。」我記得她不只一次諷刺我。我沒追問為甚麼，只希望請妳告訴我，這是怎麼一回事。

冷納很可憐，不知道何以她對我交朋友的事情格外熱衷；然而，每當嘗試失敗，她傷心得幾乎哭出來，我

一再說：「真對不起，以後不要再操勞了。」她問我：「到底我上輩子欠你們甚麼，這輩子老是為你們的事情嘔氣！」

　　我知道妳是個好女孩，但妳曾經囿顧我那些糊塗的誓言，想想吧！「交往」的定義何其廣泛；合則濃，不合則淡，何必戒懼若此呢？妳竟不留後路，我真的像洪水猛獸那樣可怕嗎？

　　以後在社會上立足，總有相遇的時候，請妳不要斬盡後路。

　　本週四中午十二點，我在良友廳門口等妳，請妳賞光。

週四中午，馮青沒有赴約。週六下午，我打電話到公館，他的表哥接的，語氣溫和地說：「她回桃園了，不在這裡。」這是他表哥態度最好的一次。

我立即打到桃園，馮青接電話。

「你是誰？」

「我是汪旺。」

「……」她不說一句話，輕輕地將它掛斷。

幾天後的夜晚，我告訴冷納：「前天，我約馮青見面，她沒赴約。」

「活該！」冷納有點不高興，說：「誰要你去找她？讓你嚐嚐等人的滋味，教訓一下也好。」

「今天下午，我打電話給她，她都不說話。」

「馮青要我不再理你。」

「不是，不是，她騙妳。」我因為感受到馮青那邊態度都變好，所以比較有信心了；這時，聽起來好像在撒嬌。

冷納笑了出來，我也跟著傻笑；突然，她收斂起臉孔，說：「嚴肅」。她的表情變得十分詭異，像哭又像笑。一會兒，她問我：

「以後還要打電話嗎？」

「不打了。」

「哼！不知道你聲明多少次了。」冷納厲聲厲色，眼睛看著別的地方，又說：「你不是說別人要幫你介紹嗎？怎麼又打電話給馮青？」

「其實，我擔心萬一馮青要我，我若是出了差錯，該怎麼辦，我不想辜負她。」

「對啦！對啦！你說的都對。」冷納一副愛理不理的表情。很快地，又說：「臺北有一家外銷成衣大減價，要不要去逛？」

「……」我絲毫不感興趣，說道：「以前她搬上山的時候，妳不鼓勵我死皮賴臉的去追，不然我早就去追了。」

「去追吧！去追吧！」

「……」我無言以對。

「值得的啦，這一份代價。人們對於不容易得到的東西，總是格外珍惜。」

「冷納，妳心腸太硬了，她們的態度都很軟了，妳感覺不出來嗎？」我輕聲抱怨著。

「好像都是我的責任！」

「對不起！我常常太急躁，才壞了事情；這是我的毛病。」

後來，曾經幾次，冷納發現我和小如愉快地在路旁談話。冷納於是寫了一封信給我，她寫道：

敬愛的學長：

您與馮青的事，我將盡最大的力量幫忙；成不成功，就看您的造化了。您也不必謝我，我不要求任何代價；但仍是那句老話：「請您千萬不可『對不起』李樸。」（相信您懂我的意思）否則，咱們這一年來的交情大概也會隨之變質，我的話全是認真的。別忘了，李樸也是我所敬愛的學長，我不願見他痛苦。對不起他，也就是對不起我，相信您明白。這不是要脅，這只是我的心願；但願不要令我失望。您二位都是我的好學長。——但願永遠都是。

　　冷納寫信要我千萬不可以追小如，否則就是得罪李樸；得罪李樸，也就是得罪她。但據我所知，小如對李樸並不太感興趣，李樸也沒有擺明要追求，頂多是心中暗戀而已吧！冷納為什麼要限制我的交友對象？她強調是為了忠於李樸，情義之深真的有到達這樣的程度嗎？我心中積攢數不清的疑慮，於是再度寫信給馮青，寫道：

馮青：

　　妳是否想過？若有安定的情緒，讀書的效率可以提高好幾倍。人與人之間，本來就該坦誠相待。我願毫無隱諱地和妳筆談，冒昧之處，請勿見怪。

　　今年暑假期間，冷納每天傍晚出來打球，耗費不少時間和金錢；終於使我感動、心軟，因此主動問起妳的事情，她很高興。過了幾天，她帶來妳的玉照。霎時間，我被迷惑住了。她說：「送給你好了。」我壓抑不住內心的激動，當天下午跑回家去；冷納笑得很開心。沒想到，幾天後，她帶我到電話機旁，妳們談話的內容使我大感意外與絕望，隨即把妳的玉照還給她；她說不出話來，傷心很久，打算從此不再理我了。她說：「你寫信做甚麼？那些是委婉的開場白，你知不知道？可知道別人會怎麼想？」

　　她總是表示妳已經有男朋友，但是，長期以來，她斷斷續續說過：「學長，值得的啦！這一份代價。」「人們對於不容易得到的東西，往往倍加珍惜。」「讓你們將

來有美好的回憶。」「我要將你送給馮青保管。」此等話語，使我一直處在疑團之中。

太奇怪了，她到底對妳了解多少？妳又對她了解多少？由她的言談中，我相信妳在路上願意和我打招呼。但是，既然深感她用心良苦，為了成全她的心願，我任由她去嘗試。

也許妳的定力就是這麼不凡，總之，太久了。誰敢相信我們會在一起呢？假如願意給我好臉色，請告訴冷納。

Ps.

（一）請勿讓冷納知道我寫這封信，免傷和氣。

（二）關於這件事，我早已感到疲憊不堪，如果妳不作回響，以後沒機會了，妳是否覺得合情合理呢？

汪旺敬上

既已發出信函，我相信馮青應該會有所回應。因此，我試著拜訪冷納。兩人站在一樓通往二樓的樓梯中間，相隔大約五階，我背靠牆壁，問道：

「馮青有沒有消息？」

「我又幫你打過電話了。」冷納滿腔憤怒的樣子，接著說：「她說一大堆壞話，都很難聽，我不想說給你聽。」

「好了，不提了。」我跟著生氣起來，迅速下樓離去。冷納看到這一幕，想必以為我從此澈底痛恨馮青了。

李樸是冷納大學時代的專屬學長，現在，他偶爾也到冷納的住處探望。有一天，他發現冷納曾到行天宮抽神籤，她的書桌上擺了一張行天宮的籤詩，是一支上吉籤，寫道：

蘇秦三寸足平生，
富貴功名在此行。
更好修為陰騭事，
前程萬里有亨通。

李樸也是我的好友，對馮青的事情頗有耳聞，他發現冷納桌上所擺這支上吉籤使她信心轉強，意欲效法蘇秦三寸不爛之舌而成就心中的想望。可是，這支籤本身有個註解，寫道：「唯恐陰騭有虧，致令天機沮滯。」李樸回到大莊館宿舍，好心好意地跑來告訴我這件事，我疑惑地說：「關公要她修陰德？我下次注意一下。我前幾天看她桌上擺著《金瓶梅》倒是真的。」

某日傍晚，我路遇冷納，她很熱心地說：「學長，你寫論文那麼忙，如果有需要我幫忙抄寫的，我可以幫忙。」

「還不是抄寫的時候，如果妳肯幫忙，有些資料急著要查頁碼，我們一起查，好嗎？」

「好，晚上到我那邊查，資料帶過來嘛！」

「嗯！我想，頂多三個晚上就可以查完。」

　　我回寢室，抱著五六本厚厚的書到冷納這兒來，晚飯後，立即展開工作。我經過冷納旁邊的寢室，看了一眼，發現裡面沒人；我問冷納：

　　「隔壁的同學睡在地板嗎？有床怎麼不睡？」

　　「裡面住一男一女，都讀大三。」

　　「哦，同居啊！」

　　「學校外面，同居的同學很多。在校的時候同居，畢業以後，各走各的，互不相干。」

　　晚上十一點，我把資料暫時留下，空手返回宿舍睡覺。

　　第二天，晚飯後，我買些水果請冷納，然後開始查資料。冷納取出兩把鑰匙給我，說：

　　「來我們這裡，必須麻煩別人出來開大門，很不方便。這兩把，一把是大門的，一把是這間的；給你帶著。」

　　「好啊！」我接過鑰匙，放入口袋。

　　大約十點多，有人敲門，冷納起身開門；原來是幾位出版部的工作伙伴來訪，但她們站在寢室門邊，不肯進來；我回頭看一眼，她們微微一笑，馬上告退了。我對冷納說：

　　「她們幹嘛？臉色怪異。」

「大概是看你在這裡，才不敢進來。」

「妳跟她們說清楚，免得她們大驚小怪的。」

又查了一會兒，冷納說：

「下午，隔壁女生的媽媽來。」

「她女兒跟男生同居，她不生氣嗎？」

「才不呢！她媽媽很開心，說時代趨勢已經是這種樣子，隨年輕人的自由意願就好了。」

「哼！竟然有這種媽媽！」

第三天夜晚，我又到冷納這兒來。

九點半左右，冷納打開錄音機，聽西洋熱門音樂；節奏太浪了，我的整顆心平靜不下來，幾乎無法安坐。這晚，寢室中的香水味特別濃，冷納拿著梳子梳弄頭髮，也飄來陣陣香味。我發覺情況不對，用試探的語氣說：

「冷納，不知道妳跟馮青聯絡沒有？她的態度怎樣？」

「馮青？……你還提她？」冷納像觸電一樣，聲音顫抖，臉色幾乎變黑了。她拔腿就跑，往樓下衝出去。

我不慌不忙地下樓，在外面尋找，但見不到她的蹤影，只好上樓，坐在原位等候。我的眼睛在屋內到處看，看見書桌上的《金瓶梅》和「修陰騭」的靈籤。

　　大約過了十幾分鐘，冷納重返寢室，坐在床上。彎起兩膝，低著頭，臉部貼緊膝蓋，披散著頭髮；兩手擺在頭、膝的外圍，手掌呈懸空狀態。

　　沒想到，今晚我終於確認馮青事件的癥結所在了。

　　結識馮青以來，一聲聲呼喚，一字字譴責，是也馮青，非也馮青；寤也馮青，寐也馮青；憂也馮青，思也馮青；她在我的心中，早已有「莫可搖撼」的地位了；甚至，我可以不惜生命的代價，只要她親口對我說她真心愛我。

　　此刻，我猛然警醒，馮青初識冷納的時候，一步錯，全盤皆輸。馮青根本不知道冷納是她的隱形敵人，只想和她做朋友，好好交心，以致於在一場裝死遊戲中，冷納暗中在馮青身上狠狠地捅了一刀，不對，應該是軟刀子割頭不覺死的那一招。在馮青搬到山上住宿那些日子，冷納最關鍵的手段，是全力防止我和馮青有單獨會面談話的機會；恰好，馮青自己洩了底，說她和我是不見面的，是不接觸、沒溝通的狀態，這正好可以任由冷納為所欲為，分別對我和馮青肆行玩弄和割殺。冷納開始編造謠言、毀我形象，同時在我面臨最危險的關鍵時刻，她用謊言欺騙我、鼓勵我努力往深坑跳下去。短短幾天，足以讓馮青在飽受驚嚇和懊悔的情況下，倉惶逃離，搬回公館；或許冷納還附送一些貼心的建議，好讓她此後安穩地自保，並且免於受到我的傷害。在馮青表示感恩的時候，她索取了一張馮青的照片；而那張照片，日後是被冷納拿來對付我的。

我坐在椅子上，絕望地沈思一會兒，然後心平氣和地說：

「冷納，妳很久以前就表明要幫我追到馮青，我一直很信任妳，妳花費不少時間和金錢，我都很清楚；打算以後要償還給妳。雖然我沒有親口表白，而我心裡早已有了腹案，只要妳幫助成功，我會送妳一份非常豐厚的報償。」我說不下去了，默默地搖搖頭，從口袋中掏出鑰匙，擺在桌上，說：「鑰匙還妳。」說完，抱起書本，轉身離去。

我把房門輕輕關上，冷納一動也不動。

現在是 1983 年年底了，天啊！我是一隻傻呼呼的天堂鳥，一年以來，我持續努力跳著「擇偶之舞」，而被追求的雌鳥呢？卻連個影子都沒有；我不知道自己在瞎忙什麼？

走出大樓，我打電話到桃園，馮青的母親叫馮青來接。

「喂，我是汪旺。」

「汪旺，我告訴你，冷納對你有意思，她不是在幫你。」

「是，我已經得到證據了。」停了一下，我說：「妳願意和我見面嗎？」

「真的我有男朋友了，我想不必多此一舉。」

「抱歉，我沒有銅板了，只能講到這裡，再見。」

冷納從此請病假，久久沒去出版部工讀。

〈一場惡夢——天也妒〉

岡陵起伏，草木岑蔚，
叢篁夾路迷。
萬籟俱寂中，
忽聞一鳥弄聲，
便喚起
許多幽趣。

花正好，月正圓，
我，孤伶伶地
踏著夜涼，
漫游山腰間。
分明聽見
天際傳來，
聲聲呼喚。
不錯，
她是馮青，就是馮青。

下來吧，馮青。下來吧，馮青。
容我對妳傾吐款款心曲：
為了妳，
我
睡不安眠，
食無甘味，
神魂顛倒。

下來吧，馮青。下來吧，馮青。
我要告訴妳：
鷙鳥累百，不如一鶚；
真誠的我，
宛若天葩一朵，
豈比青紅凡草木！

下來吧，馮青。下來吧，馮青。
原野上
曲徑通幽，
讓我倆
花朝月夕，相約玩耍。

下來吧，馮青。下來吧，馮青。
到我靜雅的書齋裡，
品茗對坐，博覽古今，
讓我倆
天南地北的聊。

下來吧，馮青。下來吧，馮青。
我同妳
攜手到海邊；
那是讓我感到舒坦的地方。
讓我倆
面對大海
呼喊對方的名字；

鹿鳴呦呦

懇請海洋
為我倆見證
不變的誓言。

下來吧，馮青。下來吧，馮青。
我同妳
攜手上高山；
那裡
空氣清新，沁人心脾。
讓我倆
深刻地體認
攜手並進、相互扶持的樂趣。

分明看見，
馮青滿心歡喜，
在那高空中，
她聲聲呼喊：
「上來吧，汪旺。上來吧，汪旺。
天神賜我雲霓裳，
請你趕快來欣賞。」

不顧坑坑凹凹
跌了幾個跤。
蹬著辛苦的腳步，
我要往上爬。
馮青問我：
「請你告訴我，

這樣美不美？」

我——

未看清楚，不及回答，

只覺——

荒謬、唐突、眩亂、迷失。

深受害——

烏雲籠罩，魔獸降臨。

馮青呀！馮青！

我睜大雙眼，回過了神，

猛然發現，

妳已被捲入虛無縹緲間。

霎時，

星位失序，

地撼天驚，

雷電交加，

風雨淒淒，

為我倆一掬同情的淚。

第二四章　住院、花瓶

民國 73 年（1984）春天，我有意要將小時候的手傷治好。小時候因為割草不慎，我左手食指的最後一節，手筋斷了，從此，它一直是彎的。臺北馬階醫院的醫生勸我住院兩天，他要從我左手臂取下一小段筋，縫補我的左手食指。

　　動手術前，護士小姐傳達訊息：「汪先生，你的學妹打電話來，祝你早日康復，她叫冷納。」

　　我即將進入手術室，站在門口對我母親說：

　　「媽，您在這裡等，手術完畢，您會聽到她們喊著：『汪旺的家屬』，那就是了。您安心在這裡等。」

　　我躺在手術床上，全身麻醉，接受手術。

　　「帶我到我媽媽前面，讓她安心。帶我到我媽前面，讓她安心。」

　　「汪旺，你醒醒，汪旺，你醒醒。」

　　「帶我到我媽前面，讓她安心。帶⋯⋯」我醒來，發現身旁照料的，正是我的母親，不是別人。睜大眼睛，才發現我已經不是在手術室了，護士小姐正推著輪床，朝病房緩緩前進。天也快黑了，我的食指已打上石膏。

　　我躺在病床上，鄰床的看護人阿巴桑對我母親說：「你兒子剛剛醒來，不要讓他走動，才不會吐。昨天我的小孩到廁所走一趟，回來就吐了。」

　　我母親剛要回話，發現有一位小姐來探病，她說：

　　「我是他的學妹，叫冷納，特地來看他，祝他早日康復。」

　　「請坐。」我母親說：「何必破費呢？」

「這只是小意思。」冷納把兩種水果和一束鮮花擺在小桌子上。

「汪旺，汪旺，你的學妹來看你。」

「喔！」我稍微翻動身子，說：「我剛才全身麻醉，現在很疲倦，只想睡。」說完，只顧側著身子睡覺。

我母親向外走出去，冷納坐著等候；直到我母親再度進來，冷納才起身告辭。

「這束花呢？要插在哪裡？」

「我這裡有空奶粉罐。」旁邊的阿巴桑說：「拿去插吧！」

鮮花奶粉罐安置完畢，我母親轉身問道：

「這些水果呢？」

「我不吃她的東西。」

次日上午，我精神飽滿，開始看書。

「多休息，回學校再讀。」

「我不累。」我合起書本，說：「媽，萬一下午冷納又來，我要說某某女生也來看過我，把她氣走。」

下午，我從門外準備走進病房，發現冷納已經在裡面。我做了一下深呼吸，走進去。我母親說：

鹿鳴呦呦

「她帶一本書來，要送給你。」

「……」我沒說話，坐在床上，背靠著牆，像個啞吧。

冷納拿著自己帶來的花瓶和鮮花到走廊上去插，一會兒，走進來，站在小桌前梳理花枝。我母親往外走，剩下我和她。

我低頭靜坐，冷納也一樣。幾分鐘後，我母親進來，冷納用國語說：

「如果論文方面需要幫忙，我可以效勞。」

「我想，我能應付。」

「出院後，打電話到辦公室給我，好嗎？」

「出院後，我會去辦公室。」

「伯母。」冷納回頭，用閩南語對我母親說：「我和同學約好見面，現在必須離開。」

冷納走了，我愣愣地看著桌上的鮮花、花瓶、盒裝麻糬、一本雜誌。

我辦妥出院手續，三姊夫開車來接我。我母親隨後跟到車子旁邊，一手提皮包，另一手拿著花瓶，說：「這花瓶很漂亮，汪旺不要，拿到永和給你們用吧！」

回到那個春來淒風、秋來苦雨的華岡，我無情無緒的，還好，有幾個學弟妹買水果來探望，讓我感受到溫馨。

🌿 🌿 🌿

出院後，第八天，冷納進入男生宿舍，首先拜訪李樸，其次前來問候我。她睜大眼睛，四處張望，說道：

「學長，手好一點沒有？」

「快好了，謝謝！」我面無表情，冷納見狀，速速離去。

隔天，在路上遇見冷納，她遞一本書給我，說：

「書還你。」又問說：「那個花瓶在哪兒？」

「我手還沒好，花瓶在我三姊家，沒帶上山。」

「那是馮青買的。」

「她忘了帶回去？」

「不，她是故意留下來，要送給你的。」再走一段路，冷納又說：「學長，再問你一次，馮青的事，需不需要我幫忙？」

「不用了，我只想趕論文。不打算理會馮青的事。」

「也好。」

「妳想去哪裡？」

「想找李樸學長。」

我和冷納一齊上樓，冷納一見到李樸，立即淌下眼淚；在李樸的書桌前默坐幾分鐘，然後說：

「我可能辭職回家，當代課教師，但又捨不得離開華岡。」

「回去如果能找到固定的工作也不錯，離家比較近。」一會兒，李樸又說：「準備哪天回去？」

「這幾天。」

冷納告別後，我打電話到永和，說要取回花瓶；然後專程小心翼翼地將它拿到華岡。

路過舞蹈系前面的百花池畔，我凝神佇立，想起馮青這個事件始終在風雨飄搖、飽受摧殘的狀況中，不禁由衷產生一股莫名的傷感。這時，輕風徐徐，有隻潔淨光亮的黑貓悠閑地睡在大石上。猛抬頭，我發現綠葉朱榮，熙天耀日，好一個清爽的日子。這樣的感覺似乎好久好久沒有體會過了，這幾年究竟是怎麼渡過的？突然間，我想起論文，便飛也似的奔向寢室。要趕論文之前，我寫一封信給馮青。

馮青：

我不曾開口責備冷納，只是一味不理而已。最近，我因手部舊傷到醫院住院開刀。

第一天，冷納買花、水果來看我，見我疲勞直睡而離開。第二天，她帶雜誌、鮮花、花瓶、甜點來，我一味不理，她久坐無趣而走了。

昨夜，她送還以前借閱的書籍，並且問我：「前天那個花瓶在甚麼地方？」我說：「我的手不方便拿，因此，

留在我三姊家。」她告訴我，那個花瓶是妳留下來的。隨後，她到我同學那兒說她可能辭職回南部當代課教師，卻又不忍心離開華岡，頗掉幾滴眼淚。

我的論文進度已嚴重落後，更何況學業、事業都未有成就，實在不能對妳說甚麼。然而，為妳，我要勇往邁進，做個出類拔萃的人；為妳，我要修養德操，待人更溫厚，律己更嚴格。

我有一個堅定的信念：世界上沒有第二個女子能得到，即使我是販夫走卒，我確信我擁有至高無上的感情。

擺在眼前的工作：寫稿、送審、定稿、印刷、口試……很久以後才能輕鬆下來，現在我不想分心。容我珍藏花瓶，祈禱仙花上瓶來。

汪旺敬上 1984.2.24

冷納已回南部就業，有一位學妹在校園遇到我，說：

「學長，聽說冷納住校外的房租是你幫她付的，有這回事嗎？」

「沒這回事，誰跟妳說的？」

「真的沒有？」

「當然真的沒有。」

「這個消息傳佈很久了，大家都知道，也許只有你不知道。」

第二五章　函訴衷情

　　我的情緒變得平靜許多，我必須加倍用功，才能兼顧愛情和事業。既然打算在學業告一段落之後才要找她，我在用功之餘，也偶爾寫寫信，好讓馮青將來有美好的回憶。

信函一：

　　妳有一對很漂亮的眉毛，而眉毛下方多餘的毛可拔除；每隔一段時間又會長出來，必須再度修整它。這非但能使妳更漂亮，而且，據說可以養成事事謹慎的好習慣；不嫌瑣碎，提供給妳。

信函二：

　　飄著滿天的細雨，是我來華岡的心情。別人總是一拍即合，我卻備受煎熬，為甚麼？

　　走過臺北街頭，駐足在華岡的每一個角落，時時興起品頭論足的衝動，奈何身旁沒有知音人。

　　世間本無十全十美的人，然而，只要懂得欣賞對方的優點，寬容對方的缺失，不難成為幸福者。

　　家母極愛我，見我不順遂，連帶受煎熬，元氣大傷。為了堅持要妳，我難免和她爭執；那是暫時不孝的舉動，因為，這項堅持，到頭來只不過是為了得到一位能夠真心孝敬家母的好女孩。誠然，愛屋及烏才是聰明人，希望妳懂得顧惜她。

有一種人，成天耽溺享受，卻不敗德；貪求無厭，卻又能造福人群；神采奕奕，即之溫文，那是圖書館中的書生。但願，我倆相攜進入這個人間大樂園。

信函三：

誠摯的愛是甚麼？它儼然是一種聖潔高尚的情誼，誰料到，實行起來，卻是如此的簡易平凡，人人都有本錢去實現它。然而，似乎有心要品嘗純情滋味的人並不多，因為人們往往把多目標看成享豔福。

韓非子說：王后和太子大多祈望國王早日駕崩，因為「其母好則其子抱」，王后難免日趨衰老，總有一天，國王會轉而寵愛其她年輕貌美的妃子，然後逐漸疏遠王后；太子也因而日日擔心不能繼承王位。倘若國王早死，王后非但可以為所欲為，並且，她的兒子也能順利繼承王位。從這裡看來，國王幾乎是世界上最可悲的人了，他甚至一個女子的真愛都得不到。

信函四：

《指月錄》記載青原唯信禪師的一段話，說道：「老僧三十年前未參禪時，見山是山，見水是水。及至後來，親見知識，有個入處；見山不是山，見水不是水。而今得個休歇處，依前見山只是山，見水只是水。」寥寥幾語，道出修鍊的層次。是的，小學生口中所高喊的「愛國」和岳飛、文天祥所講的「愛國」其境界應有天壤之別。

感情方面，同樣有三種境界，第一種，是執我、無知：他們醉生夢死，渾渾噩噩地過著執肉無靈的日子。第二種，是迷失自我、徬徨無主：他們似乎頗解風情，然而其光彩宛若曇花一現；其言如鐵，驗之如泥。第三種，是真我、體悟大道：他們確實領悟感情的真諦，是所謂「問人間，情是何物，直教生死相許」的境界；能達到這一境界，可說是不虛此生了。「不將清瑟理霓裳，塵夢那知鶴夢長。」凡是冰清玉潔、淵渟嶽峙的知識份子，誰無理想？誰願意滯留在執肉無靈或徬徨無主的境界呢？

世人往往遭受人間百態的揶揄，而裝出偽善的面孔，或做出虛偽的舉動；有良知血性的人常常要感慨「誠」字已不多見了。「真情因多歧而亡羊」，現代男女在感情方面也蒙受功利主義的流毒，致使一對對佳偶同床異夢，貌合神離，教人感慨萬千。

張九齡的詩：「但願白心在，終然涅不淄。」《荀子・宥坐篇》：「芷蘭生於深林，非以無人而不芳。」我要在墮落的時代中，穩穩抓住一個「誠」字。尋覓一位和我思想吻合無間的女子，共相廝守；時時不忘相待以禮，溶合在藝術的天地中；仔細體會至情的愉悅，而不對世人炫耀。

信函五：

在科技突飛猛進的工商社會，人們緊張忙碌，精神生活十分匱乏，一切生靈也逐漸被機械綑綁住了。蘇東

坡說:「長恨此身非我有,何時忘卻營營?」釋靈徹說:「相逢盡道休官好,林下何曾見一人?」他們眼看人類一方面孜孜汲汲,但又渴望歇息享樂,這當中的矛盾令人印象深刻。

我渴望投入大自然的懷抱,仔細品味「梨花院落溶溶月,柳絮池塘淡淡風」以及「疏影橫斜水清淺,暗香浮動月黃昏」那一類的幽趣。但不可否認的,物質可以便利生活、豐富人生,只是必須和精神生活相輔相成。因此,我也願意努力不懈,以營構舒適的生活條件。

樹花朵朵,有的飄向茵席,有的落入糞溷。古人拿這種事情來比喻人生的際遇。我認為落花沒有自主的能力,而人類,只要他肯上進,便可能實現理想。所以,妳我的前程應該是樂觀的。

卡片一:

在我周遭的女性必將誠心關愛我、禮敬我,因為我以溫厚端莊的態度禮敬她們,更因為我堅決地把全部感情獻給太太一個人。

卡片二:

為了追尋真、善、美的理想,我執著至今。但願我倆有一份真緣,歷久彌堅。

第二六章　口試前後

在我論文口試的前一週，我看到舞三班展的海報。我很忙，但遇到馮青的舞展，我必須排除困難，非前往觀賞不可。

上午，我特地到學校旁邊的照相館租一部照像機，準備拍照。

舞展前三十分鐘，我已入座等候，手裡拿著小冊子節目單和照像機。首先，我仔細尋找馮青的名字，知道她將出現在四個節目中：第三，拓荒。第六，隨想。第十二，初。第十七，春遊。此外，第八個節目「午後」，由馮青編舞。

節目開始了，凡是馮青登場表演，我必定趕往臺下拍照，用心捕捉優美的鏡頭。凡是有男生參與的節目，馮青都沒有參與，這也是一大特色。但是，似乎禮教窄化了馮青的創作路線，束縛她的藝術生命，無論編舞或跳舞，馮青沒有像別人那樣充分發揮潛能，有點可惜。例如她的同學跳著「修女的夢魘」、「兩小無猜」，都能舞得酣暢淋漓。

「春遊」是最後一個節目，在即將曲終人散的時刻，十二位女生越發賣力地演出。她們輪番進入布幕後面，又輪番出場。一次又一次，馮青站在布幕後面，露出頭部，看著臺下的我。我和她眼神相對，但她沒有一絲笑容。

舞蹈結束，我將底片送洗，令人大感意外的是，不知道為什麼？多數是失敗的照片；十分滿意的照片幾乎沒有。我

曾在大白天拍過不少照片，很少發生問題；沒想到這種黑夜、燈光的舞台攝影，還是要靠專業和訓練才行，這點我根本外行。

我的碩士論文口試順利通過，臺大金教授對潘所長說：「這位學生很優秀，要讓他讀博士班喲！」

「好的，好的。」潘所長爽快地答應。

晚上，我挑選一本碩士論文，提上幾個字，另外寫一封信給馮青。

馮青：

　　博士班入學考試將於 7 月 5 日舉行，我已報名了；不管入學成績如何，我都會通知妳。

　　這裡附上碩士論文和照片，請查收。

寄出論文後，我回家小住幾天。回到學校，看到收發室伯伯那兒的掛號帳冊，馮青已蓋章領走論文，我滿心歡喜。

6 月 27 日，我幫同學接論文口試委員王教授上山來，王教授先行下車，走進大樓，我付錢給司機，然後匆匆在後面追趕。走到舞蹈系辦公室前，我眼看就要跟上王教授了，但我突然停止腳步，想了一下：「那不是馮青嗎？」隨即回頭看個清楚，果然是馮青，站在布告欄前面。我回走一兩步，說：

「嗨，馮青。」

「……」馮青沒說話，移動一兩步，進入更衣室中，面對著我，低頭站住。我跟到更衣室門口，看她身著白色服裝。鬢欺蟬鬢非成鬢，眉笑蛾眉不是眉；她果真把眉毛整理得更漂亮了。文文靜靜的模樣兒，渾似一隻溫馴的小白兔。我說：

「我的同學準備待會兒考論文，我幫他接老師，現在必須上樓去。」我快快跑上樓，追上王教授。

第二七章　震驚

1984 年 7 月 5 日，博士班入學考試於下午結束，傍晚，我打電話給馮青，一位陌生的小姐接聽。

「我叫汪旺，請問馮青在嗎？」

「她不在，她要我告訴你，她已經有男朋友了，請你不要找她。」

「請問妳是她甚麼人？」

「是她室友。」

我掛斷電話，火冒三丈，立即寫一封信。

馮青：

　　妳室友告訴我，妳已經有男朋友，要我不必找妳了。假如這是一件事實，謝謝妳一直到我考試完畢才透露出來；過去的日子裡，始終讓我情緒平穩。如果妳事實上

沒有別的男朋友，那麼，無疑的，妳現在已鋪好退路。很抱歉，我這次考試失敗了，只想把東西搬回家，等待入伍。

　　我不必收回照片，妳自行撕毀即可。

汪旺

　　晚上，我到永和，才知道我母親跌倒受傷，住院半個月，兩天前才出院。為了讓我專心準備考試，她不肯讓我知道。

　　很快地，我和三姊、外甥一齊回南投。進入家門，我坐在床頭，淚如雨下。

　　「媽，您住院這麼久，為甚麼不讓我知道？」

　　「……」母親也淌下淚來。等她擦乾眼淚，說：「現在快好了。考完了，是嗎？」

　　「考完了，等兩星期放榜。」

　　「桃園那個女孩，現在怎樣？」

　　「我不了解她，還要一些時間讓我弄清楚。」

　　「出門在外，不要和別人太計較，心肝放開一點。我們要找女孩子很容易，她要來也好，不來也沒關係；天下的女孩多的是。」

　　「我知道。」

「她若是注定要端咱家的飯碗，自然講得成。不管是誰，只要是我們的媳婦，我們都會疼愛她，你放心。」

回到學校，我心情很低落，透過電話，麻煩他們轉達馮青，說她如果決定不和我交往，我打算退回花瓶。馮青立刻答應，於是，很快地，我拿著今年 2 月冷納送來的花瓶，走到舞蹈系外頭的路邊，她親自出來，二話不說，把花瓶拿了回去。

7 月 10 日，我火氣消退了，還是忍不住寫信給馮青。

馮青：

　　我一直相相信妳是很美好的女孩，但妳的想法令人難以捉摸。也許是我的脾氣太壞了，常常把事情弄得不可收拾。

　　不管任何事情，妳儘可坦然和我溝通、討論，可是妳始終放棄嘗試，到底為甚麼？

　　幾位老師對我考博士班的事情表示樂觀，十八日即將放榜；如果考上了，我會通知妳；如果不幸落榜，妳可以拒絕我，我也沒甚麼怨言。

汪旺 敬上

7 月 18 日，博士班入學考試放榜，看完榜單，我打電話到公館，馮青接電。

「我考上了。」

「恭喜你。汪旺，我真的有男朋友了，請你不要來找我。」

「……」站了一會兒，我說：「我想當面和妳談談，好嗎？」

「不用了，我沒空。」

第二天，我打電話到公館，她的弟弟接電，說：

「我是他的弟弟，我姊姊希望你不要打電話來，她最近情緒不太好，她說她以後只想平平凡凡過日子。」

25 日，馮青來信，並退回照片，寫道：

　　我真的已經有男朋友，我一開始就告訴你了，只是你始終不相信。

　　你對我好，我當然知道。因為我們未嘗開始，所以沒有傷感可言。

　　我知道你是非常優秀的男生，請你千萬不要傷心；在你四周，活生生的女孩，都是你可以追求的對象。我祝你幸福，也請你一定不要再寫信來。

這樣的表態當然夠清楚了，但我還是想要見她一面，總覺得比較能夠心安。她的母親接電，告訴我：

「她真的已經有男朋友了，你認為有談話的必要嗎？她的心地很善良，很怕傷了別人。」

「我知道她很好。」

「是呀，如果你真的需要見面談談，馮青說，她的男朋友陪著去，她才願意。」

「……」我遲疑一下，說：「我確定 8 月 13 日會上臺北一趟，請伯母勸她出來，14 日下午 6 點，在臺大校門口見面，好嗎？」

「我就這樣告訴她，她會不會去，還不一定。」

第二八章　第二次約會

民國 73 年（1984）8 月 13 日，上午八點，我從南投準備出發，按正常情況，每天一大早，我父親就上田工作了，今天為了要目送我北上，他特地留在家裡。母親準備四果，到大廳虔誠禮拜。我開始穿鞋襪，父親在隔壁房間，一會兒坐，一會兒站，一會兒徘徊，焦慮全都寫在臉上。父親說：「我看這次上去，應該沒甚麼結果才是。那麼，別留在臺北太久，要趕快回來。」眼看他是踏出家門了，又踱進來，說：「按照我的推測，她應該是有男朋友才對……」

「爸，不用多說了。這次去臺北，甚麼結果都不要緊。您們對我太好了，我心裡非常清楚。請您們放心，如果失敗，

我不會想不開，我一定會好好珍惜自己。」我面帶微笑，輕鬆自在地安慰他。

赴約前，先到永和三姊家，三姊夫對我說：「馮青是很厲害的角色，我在電話中聽她說話就知道了，她說你一開始就在想法和作法都有失分寸，她原本就無心和你有進一步發展，也一再對你表明，只是你都不相信，而且愈陷愈深；這與她無關，她要鄭重聲明。她說她早已說過有男朋友，但你不相信，如果你繼續執迷不悟，別怪她不客氣。我聽了她的話，為你感到難過，你的形像弄成這個樣子，你還不覺悟嗎？平常，話也會說，書也會讀，談戀愛卻困難一大堆。像我在年輕的時候，不是我在臭屁，兩三天就有本事載著小姐到處遊玩，而且交了好幾個，哪一個不是服服貼貼的？」

我對那些指責，無心辯駁；即使說了，恐怕他們也是不懂。

8 月 14 日下午 4 點 45 分，我抵達臺大校門口。6 點 10 分，打電話到桃園，馮青的母親接電。

「請問伯母，馮青會來嗎？」

「會，她說她們會去。」

「謝謝伯母！」

6 點 20 分，馮青在遠處出現了，帶著一個男生，朝我這邊走來。她穿著十分樸素的衣服，牛仔褲；他的衣著也同樣簡樸，看起來兩人很登對。

「對不起，我們遲到了。」這個微笑打招呼的男生果真眉清目秀，神采英拔，我也看得滿心歡喜。

「我也剛到不久。」

「還沒吃飯？走吧！」馮青落落大方地領路，進入餐館。

記得我和馮青第一次約會，是在 1982 年 4 月 19 日，先在學校旁邊的餐廳對坐進餐，餐後一起坐在一棟別墅旁邊的草皮上，兩人相隔大約五步，她雙手環胸和我做君子之交的聊天。接著是斷斷續續 3 年又 4 個月漫長的黑暗期，我不知道自己似乎被當成惡魔或無賴，這期間，我和她的距離是無限遠。今日好不容易得以第二次同桌會面，我自己坐一邊，她和他坐另一邊。

本來想要印證的事情既已得到印證，那麼，還留下來做什麼？但我必須留在現場完成相關程序，這是風度和義務。

頓時，我把軀體和真如分開了，軀體我是沈濁的，它說的美，未必是美；它說的好，也未必是好；它的笑，是僵硬的皮笑；我的軀體留置於此，只不過是撐場面、敷衍應答而已。而我的真如自性，是永恆之存在，是真實不虛。此刻，

我的真如已然擺脫沈濁，升到逍遙自在、安舒寧靜的地方。座中的確有談及何人或何事，而我簡直是心不在焉。

服務生送飯過來了，馮青的男朋友說：

「你準備先服兵役，再讀博士班？」

「是。服兵役是大事，不先解決，壓在心上，總是不太好。」

「你還沒在外做過事吧！」

「沒有，只參加過學校出版部的編纂工作，算是工讀。」

「近代中國文學史上，像沈從文的文章算是不錯。」

「嗯，路邊多能買到。」

「你住南投，種不種茶？」

「種一兩甲，我們那邊名氣不如鹿谷。」

「我上次到鹿谷考察，也跟他們學做茶，覺得很有意思。」

「做茶也是一門學問。」

至此，雙方靜默片刻。

「其實，交女朋友的事情，難免遇到挫折，而且難免會傷心一陣子；像我以前就是這樣……」

「你不會。」我打斷他的說詞，但立即轉成一絲笑容，很篤定地說：「因為你很英俊。」

這時，場面有些尷尬。

「最近，奧運會的轉播，你看了沒？」馮青打破僵局。

「看了一些。我們得到銅牌。」

「路易士真是不簡單，拿了四面金牌。」

「西方人的體型比我們好，像上個月的瓊斯杯籃球賽，中華隊男子得第七，女子得第五。我們的體型實在不適合和老外比籃球。」

「其實，從醫學的觀點來看，人的骨骼不可以太長，太長的話，到老年期往往會酸痛。像許多籃球明星，晚年的時候，骨骼毛病比一般人多。」

我沒答話，心想：我只有 178 公分，他所說骨骼太長所引發的毛病應該和我無關。

馮青和她的男朋友都吃完了，我還剩很多，一點胃口也沒有，於是放下筷子，說：

「我吃這樣就好了。」

「你需要和她到外面談話嗎？」

「不用了。」我爽快地回答。

馮青擺出笑容，暗暗用手擰他的大腿，以示抗議。

「我們到書坊坐坐吧。」

三人走出外面，馮青邊走邊問：「你明天就要回南投嗎？」

「我山上的東西收完就走。」

走一小段路，坐電梯上樓，進入一家書坊；站櫃臺的，正是馮青的同學——小梅。

書坊裡擺許多小桌子，桌子四周放著榻榻米，是一種供顧客讀書、喝飲料、閑聊的地方。

三人圍坐一桌，點完冷飲，馮青到遠方角落找一位年輕的外國男士來，他是馮青學英文的談話伙伴。一會兒，小梅也來圍坐。

馮青和小梅帶著微笑，向老外介紹我，說我已經考上中研所博士班，打算先服兵役，做軍官。老外也說他學中文的願意，又談有關馮青明年畢業旅行的事情。

剛開始，我勉強擠些笑容，敷衍場面，後來感到心神疲憊，只有呆坐，毫無表情。有時用無奈的眼光看著馮青。馮青開始的時候是神采飛揚、活潑快樂地說英語，而後漸漸收斂起來，轉為沈默，終於退席去了。小梅跟著退席。

「時候不早，我該回去了。」我率先提議，仍是一副謙恭有禮的態度。

老外走回原位去了。馮青的男友付款完畢，馮青站在櫃檯前方，再次展現笑容。說：

「你們先走吧，我還要留在這裡。」

「再見！」我向她行個禮，而後，和「他」搭電梯下樓，走到馬路旁，他伸手對我說：「我們是朋友。」

「是」我伸手握了一下，說：「再見。」

造化真會捉弄人，只覺得這件事情拖太久，也太費神了，即使秉持無比堅定的決心和毅力，最終還是不得不宣告失敗。1982 年 4 月 19 日，我和馮青單獨約會一次，就這樣而已。馮青前些日子（1984 年 7 月 25 日）信中所寫：「因為我們未嘗開始，所以沒有傷感可言。」若拿計時器來算的話，我和她只是約會交談不到 2 小時的兩個人，如此說來，她以這樣的時間數據，說我是「陌生人」，她憑什麼知道我是怎樣的人？可是，怎麼會一個只有 2 小時會面的人，卻消耗我幾年的心神，充滿我的日記篇幅？這些計算方法不禁讓我傷感起來，我不知道她心裡到底是怎麼想的？

和她「第二次約會」回來之後，一切總算回歸正常和平靜，除了往日一些信函的底稿之外，幾本日記被我全數銷毀，只能到此宣告終結了。多少親朋好友因為這件事而在背後嘲笑我，我的人格和感情生活受了多少流言中傷，有人認為我辦事能力差，我實在無法找任何朋友去做些澄清，也全都不在乎了。

我仔細端詳〈甘肅敦煌莫高窟第 45 窟〉的佛菩薩圖像，左右下角各有一隻猴子。佛教以「心猿意馬」形容眾生心意不定，不能自持。然而，其實眾生皆有定靜而覺知的佛性。因此，我將這個概念組合成：「心猿意馬，定靜知空」，當我覺得難以釋懷的時候，我就默想：「心猿意馬，定靜知空。隨緣、放下；放下、隨緣。」

　　但我始終堅強，俯仰無愧，因為我自覺已經盡心盡力，並沒有對不起我自己一顆赤誠的心。此後仍然要保留這一顆赤誠的心，將來婚姻生活必定可以幸福美滿，我始終深具信心。

第二九章　服完兵役，進博班

　　入伍了，我在陸軍兵工學校以少尉軍官的身分教國文，除了教書之外，也兼辦排課；一直到退伍。

　　在軍中的日子，我覺得很平靜，也很充實。其實像我一樣的人並不多，因為每逢週末或假日，我都留在營區看書，讀書上癮，幾乎成了我個人的特殊標誌。軍校的長官也大多知道有這麼一個「怪人」；至於他們心裡怎麼想，我其實沒興趣加以推測。只是我的直屬長官黃上校，在我即將退伍前，報請上級給我一張獎狀，是從陸軍總司令蔣仲苓上將那兒頒下來的，到底是獎勵哪件事，具有甚麼意義？我也不清楚。

❀ ❀ ❀

民國 75 年（1986）9 月，我從軍中退伍，重返華岡讀博士班，住在大莊館宿舍。馮青已大學畢業，而且聽說已經結婚了。

10 月 26 日，我站在隔壁大樓女生宿舍前面等學妹拿書本，才等兩分鐘，赫然發現馮青站在大門旁邊。她一步一步往外走，看見我，她嚇了一跳，立即轉身進去。我也感到震驚，心想：「她不是畢業了嗎？怎麼還在學校？」一會兒，馮青重新走出來，面帶微笑，和另一位女生站在我的前方小聲談話；我暫時看著他方。直到兩人實實在在地互視一眼，她才走進去。

學妹走出來，和我談完正事。我請她打聽一下舞蹈系助教的名字。幾天後，學妹告訴我，該系的助教是馮青，住在宿舍 204 室。

我心中一直有個疑問，到底當初冷納說了哪些話，讓她氣呼呼的從山上搬回家。因此，上班時間，我打電話到舞蹈系辦公室，馮青接電話，態度是和善的，我說有空要找她談話，她也慨然應允。掛斷電話之後，思考一陣子，我覺得現在如果我還要追問當時冷納說了哪些話，實在沒什麼意義；況且她現在已有美滿的婚姻，那就好了；而我覺得實在沒有任何一句話要對她說；因此，我不曾找她談話。進入另一個新的學期，如果消息沒錯的話，聽說她已經辭職了。

我一邊讀博士班，一邊兼任大學國文教師。學生的作文內容，有些使我感慨萬千，例如有位女生寫道：

從我懂事以來，便覺得結婚好辛苦。

我父親因工作的關係，常常不在家，就算調職到離家不遠的地方，他也幾乎天天晚歸。每當被母親的罵聲吵醒，我就知道父親回來了。如果她不結婚，就不會因為我們幾個小孩而遭受牽絆。有時，我覺得我母親好可憐，雖然她不曾在我們面前流眼淚，但我卻偷偷為她哭過好幾次。

……

對於平凡而破碎的往事，與其說我不在意，不如說我已相當習慣了。我曾問過自己，是否想擁有固定的兩性生活或關係，但每次都沒有答案，我或許很渴望，但也很害怕擁有，因為我實在不敢相信會有天長地久的事存在，每個人或每件事物之間的關係是那麼脆弱。……

有一個男生也是談戀愛談得很痛苦，情緒十分低落，我站在輔導者的立場，有義務開導他，而我自己的感情問題都辦不好，能說甚麼幫他呢？即使有點不踏實的感覺，我還是把他找來，正經八百地說教：

「古人曾有一項比喻，男人是大樹，女人是蔓藤；大樹只管讓自己長得高又壯，自然會有蔓藤來纏繞。如

果它自己不但沒長好，而且扭曲自己去纏繞蔓藤，勢必落得雙輸的地步。所以，男生得不到女生的芳心，不妨檢討自己：『大概是我的成就或學養還不夠好，有待我更努力加強自己，成就自己。』那麼，將來的成功，想必是水到渠成那樣簡單。」

第三十章　選對象的期限到了

「冰凍之池，不起漣漪。」我對談戀愛已興致缺缺。博士班讀了四年就畢業了，民國 79 年（1980）8 月，我正式成了專任教師。來自我父母那邊的婚姻壓力，我到底是如何拖延應付過去的？也許只能用迷迷糊糊來形容。依稀記得，我對家人說：「只要不幫我做決定，要我相親多少次我都願意。」就在這個原則下，如果有人要問我：「到底相親多少次？」我沒有答案，因為數不清；而且大都看完即忘。

直到有一次，我回家去，我母親說：「你爸爸到田裡去工作，每當他想到這麼年老了，還娶不到媳婦，他的手腳甚至都攤軟下來，連鋤頭、鐮刀都舉不起來。他暗地裡哭了多少次，你知道嗎？」

我父親從田裡工作回來，正式和我約談，他說：「如果短命一點的人，現在已經走了，還來得及看媳婦、孫子嗎？」又對我說：「我私底下問你一個問題，你是不是身體方面有問題，不敢讓我們知道，所以一直使用拖延的方法，想把這件事拖延過去？」

「沒這回事,不要亂想啦!」

很快地,我平心靜氣地對我母親說:「我非常對不起您們,我是該結婚了。在您的印象當中,哪一個我們所看過的女孩子您覺得最好?我就去交往看看。」我打從心裡想:「只要願意和我結婚的那個女子,她註定會很幸福,因為我心無濁染。」

第三一章　結婚

三姊很快跳出來,幫我媒合留學日本名古屋大學的碩士,任教於臺北商專(今國立臺北商業大學);後來,她就成為我的太太。

起初,聽說她是天蠍座的,我有些疑慮,因為據說水瓶座與天蠍座不適合配對。後來,我想:如果品行好,什麼都會好;只要真心相待,特質固然存在差異,但應該沒有不好相處的道理。

我的訂婚、結婚,都是匆匆一談就確定,好像在開快車一樣。1992 年 1 月 16 日(農曆 1991 年 12 月 12 日)我結婚了。我們全家,包括我們夫妻倆,關於蜜月旅行,連想都沒想,也隻字未提。大年初一,我用機車載著太太,繞村子一圈,上半村是鹿鳴,下半村是廊下,讓她感受一下她嫁到甚麼樣的鄉下地方。她知道除了在臺北教書之外,她已經是一個鄉村的婦女了。我看她用歡喜心接納眼前的一切,全程半

小時的遊觀，卻教人終生難忘；那是感情最真摯、用心最堅定、最感恩、最幸福的蜜月旅行！

　　不久，我們貸款買了臺北市信義路中正紀念堂後面的房子，為了不讓我們負擔，父親幫我一次繳清房貸。只是，婚後我轉往中南部任教，住在學校宿舍，每個禮拜都必須南北奔波。

　　我的論文指導教授寫了一篇墨寶給我，我將它掛在牆上。他寫道：

凡百組織，定於一尊，惟有家庭，夫婦平等；智慧性格，各秉天生，欲求平齊，貴乎互尊；同則相愛，異則相敬，內外分主，嚴慈互濟，分工合作，猶似一人；時久知深，互化互成，同心同德，無間精誠。

　　　　立夫先生證婚致詞
　　右致詞意切而義精，允宜雒誦不忘，服膺勿失
○○同學
○○女士嘉禮　　　　　　　　　　　　潘重規　書賀

　　記得小學二年級的時候，我用一對畚箕挑鳳梨，一邊放2個，很快地，改用竹簍子，越挑越重；幾年後，就完全不輸給成年人。起初，每次看見大人們工作半小時之內，整個衣服都濕透了，大家都這樣，而我的衣服是乾的；當時不由得

打從心裡敬佩他們。等我稍微長大，工作量和大人相等，我才體會到全身汗水濕透是很容易的。我們整個頭部都用大條布巾包裹著，頭上戴個大斗笠，總覺得全身冰涼，又不怕日曬——那是美好的感覺。在高中階段的暑假，我的力氣很大，曾創下紀錄，在沒有工人幫助下，我一天個人摘了八千斤的鳳梨。

我開始執教上庠，我父親曾和村裡的朋友聊天，說：「以前工作環境那麼差，工具那麼不良，我們一年一年的熬過來。如今的工作環境變好了，不必養牛，都用耕耘機翻土和耖田。不用肩挑，有單輪車取代；又可以開搬運車上田。但是，看著這麼好的工作環境，人卻老了！」我為了消除父親的遺憾，同時因為肯定運動可以健身，於是不勸阻他繼續上田工作。我和太太平常沒住在南投，但暑假期間，南投的鳳梨大採收，我們夫妻倆必須回家幫忙，那是非常勞累而快樂的時期。

「勞動的手，是高貴的手。」勤勞是我太太最大的特色。因為每天忙小孩的事情，不得不很晚才睡覺。卻又必須每天早上五點起床，煮好飯菜，將衣服送入洗衣機，餵飽小孩，晾好衣服，然後包裹著防曬服裝，戴上手套，上田幫忙搬運鳳梨；主要是推單輪車，將割下來放在田邊的鳳梨推到搬運車上。由於產量極多，有時甚至必須推到下午四點才能完成工作，中午的時候，只是簡單訂購便當，坐在田邊簡單進食。一天之中，汗水乾濕輪替不知有多少回，達到極大的運動效

果。我太太做起工作，總是盡心盡力，不但從無一句怨言，並且樂在其中，實在令人激賞。

有時不方便抽空返回老家幫忙，我會邀請外甥們前來幫忙，使用手推車搬運鳳梨，他們都是人高馬大的大學生，卻往往在消耗大量體力的時候，一邊工作，一邊哀哀叫。回家之後，就會告訴我姊姊：「我終於知道舅舅那麼用功讀書的原因了。」

我結婚三年，太太就幫我生了三個小男孩，這完全讓我父母消除多年以來的煩憂，而且心滿意足。有人在臺北校園遇到我太太，驚訝的問：「怎麼每年遇到妳，都看到妳在懷孕？」外人可能不知道，這樣的小兄弟組合，家長特別輕鬆，他們自己帶自己，不會整天黏著大人不放，而且能從小建立深厚的兄弟情誼。

為了讓小孩能夠有獨角仙可觀賞，我特地在牆外的田園旁邊種了光臘樹，不到幾年，就見到成效了。後來發現小孩子對於電視和玩具更有興趣；喜歡看獨角仙的人，竟然是小時候被看守得緊緊的，沒機會像其他小孩一樣拿著手電筒到處探險的我。

結婚兩、三年後，有一次，農曆新春期間，我到高雄岳父家住了三天。岳父用車子載我和太太外出辦事，我坐在前座，太太坐在後座。我岳父對我說：「在學校教書，和女學生不可以發生感情問題，但同事之間比較沒關係。」我對這句

話感到驚愕，太太始終不發一語，我也沒有回頭看她的表情。我們默默無語，話題隨之轉移。此後，我並沒有因為岳父這一句話，就和學校女同事發生任何感情關係。他原本以為我可能和別的男人一樣，其實他錯了。

我岳父母總共生了二個兒子二個女兒，全部留學日本，獲得碩士或博士學位。他們全家都非常仁慈有禮，一致待我如嘉賓；讓我十分感動，覺得這是我極大的福氣。

1997年8月5日，星期二。我載母親以及小孩到南投市看牙醫。我把車子停在路邊，我母親帶著小孩在牙科診所裡面，我獨自坐在車子後座看書。突然間，後方發生車子追撞事件，肇事司機驚慌開車逃跑，沿路追撞，來到我車子的左後方，又繼續撞到一部小轎車，然後歪向一旁，撞凹了我車子的左後方行李箱，燈罩也破了，因為卡住而停下來；我被猛撞一下，感受到不小的震動。警察隨即追趕上來，記錄追撞的時間是下午4點30分。我留下個人資料，並與肇事者約定維修理賠事宜。隨後，我載著母親和孩子回家，開了十二公里，抵達家門，發現太太剛剛清理完地板上的米和水。她說：

「我在洗米，準備煮晚餐，突然『碰』的一下，整鍋米和水都翻下去，灑了一地。」

「妳記得幾點弄翻的嗎？」

「四點半，我也不知道為甚麼會這樣。」

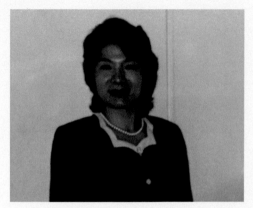

我妻，日文教師。

第三二章　星座觀點的確認

2012 年，有一位天秤座的在職班女生表現十分特殊，她相信水瓶座和天秤座的人最合得來。說談得來，倒也沒錯。漸漸的，她在上課時的講話分寸也和一般學生不同。例如上太極拳課，她會直接說：「我月經來了。」其他同學聽了，不由得一驚，大概都會覺得不可思議。她曾獨自對我說：「因為我是魚，所以你看不到我的眼淚。」她好幾次以謝師或問問題為理由，請我吃飯；有時候也會邀其她同學參加。往往是她開車載我到餐廳。有時候，我打從心裡想，天秤座對於水瓶座果然這麼貼心！

2013 年 3 月 20 日，上午 8 點，工程學院李主任站在文科大樓前方的榕樹下，我正準備進入文科大樓，他攔住我，說：「請等一等，我有話跟你說。」

「什麼事嗎？」

「昨晚你們有聚會，對吧！」

「是，昨天有廈門大學徐教授來演講，然後我們幾個老師和他一起吃飯。」

「我認識一位道行很高的人，他能看到一般人所看不到的。他前一陣子在路上看見我們學校的○○○老師，馬上斷定他會有事，果然沒過幾天，這個老師就上了《蘋果日報》桃色新聞版。昨天晚上，你們七個人在用餐的時候，我這位友人對我說：『那一位，說的就是你，最近在感情方面可能會有事。』所以，基於同事的立場，我認為還是要專程跑一趟，提醒你注意。如果願意，我可以安排你和他見面。」

「有這種事？」我思考一兩秒，然後說：「好的，謝謝您來告訴我。」我向他行個禮，走進教學大樓。

這位李主任以前不曾與我有過任何交談，他和家人曾住在學校宿舍，在九個樓層的大樓中，我不知道他住第幾層，只是偶爾在宿舍樓下的路上見到面，點個頭，如此而已。後來，他們全家都搬離宿舍，可能是在校外另行購屋吧！

昨天在荷花池畔的餐廳用餐的時候，桌桌客滿，賓客各自高談闊論，似乎有點吵雜，我根本沒發覺李主任也在現場用餐。沒想到有所謂「高人」能對我這個陌生人做了預防性的警告，雖然我不曾有不軌的行動，可是，難道我當時是烏雲罩頂，或是黃氣壓身？這實在無比神奇！至於安排和高人見面，我沒有列入考慮，因為這類不光彩的感情困擾，理當

由我自行解決即可。

等到週末，我開車北上，與家人團聚。我將李主任來找我談話的內容如實地告訴太太。她的反應很清楚，正好類似漢朝卓文君回司馬相如斬釘截鐵的詩中所寫：「願得一心人，白頭不相離。」過了不久，我太太毅然決然地申請退休，南下和我同住在宿舍裡。從以前擔任助教起算，到現在是日文教師，服公職已滿 25 年，符合退休規定。她是如此樂意地退休，不帶絲毫勉強，平日看電視則以日劇、大陸劇、健康養生和佛教講經節目為主。常常和我分享聽經心得，或對我大談佛學。

有關天秤座女生這件事，引發我鄭重地針對長期以來的夫妻生活情況做了多方面的檢討和省思：

雖然我太太是天蠍座的，書上記載它不宜和水瓶座配對，但我以四個角度評估我太太：愛這個家，愛我家人，深深愛著我，盡心盡力照顧小孩；同時具備這四項，她當然是一位優異的賢妻良母。

夫妻共處的生活方式，我們確實採行「內外分主」的原則，粗重的由我做，輕鬆的由她做。我成長自勤勞的農家，平日一有空，往往閒不下來，就喜歡 DIY，修補這，修補那。但因為我從小是家中唯一男兒，有四個姊姊，一個妹妹，所以我傾向撒嬌型、依賴型的性格。我太太是家中長女，從小

在高雄管著弟弟和妹妹，所以她傾向顧家型、管理型的性格。我在結婚後，受到她無微不至的照顧，那或許超乎常人的想像。每天的早餐，水煮蛋、牛奶、饅頭、水果、咖啡，樣樣依序端出來，然後擺上 B 群和葉黃素，要我在餐後各吃一顆。而在早晨這段時光當中，我所做的，只有健身運動、吃大餐，還有看電視。

　　在用餐的時候，當我說到胡椒粉，她立刻起身到冰箱拿胡椒粉。我轉個頭，看了右邊一下，她就知道我要面紙，立刻遞給我一張。餐後，我往後面的水果桌瞄一眼，她立刻將水果端過來。無論是小孩在身旁，或是因為他們長大了，各自住在他們學校旁邊，我們夫妻的「敬」都能始終如一。例如在用餐之前，她將飯菜都擺在餐桌上，也擺了 2 個碗，各放一支湯匙在碗裡，咖哩飯大餐開動了，我吃了一兩口，說：「圓圓的雞腿塊還黏著皮，筷子應該比較好用。」她立刻起身，要去拿筷子。我連忙阻止她，說：

　　「不用，不用，妳吃妳的。」

　　「你決定不用筷子嗎？」

　　「我是不好意思勞妳去拿，要的話，我自己去拿。」

　　「我很樂意的。」她邊說邊走向碗櫃，迅速為我拿來一雙筷子。

　　透過以上這些點點滴滴，不難推知，我太太在日常生活中是如何努力經營一個和樂健康的家庭。

　　自從小孩還很幼小的時候，她總是利用假日帶著三個小孩到處運動、出遊和學習；走在路上，服裝往往相同，那是極可愛的畫面，而我大部分時間都在研究室忙自個兒的事。自從小孩進了小學，她幾乎都會按時帶小孩去日本玩，開他們的眼界，直到有一年，她靜靜地跟著看著，任由小孩自己規畫，自己行動；回臺之後，她告訴我：「今後，我們的小孩如果要獨自去日本玩，我也很放心。」因此，教養小孩的重大功勞應該大多歸於我太太。

　　購買生活日用品方面，我們夫妻可說是標準的「出雙入對」，其實她老早就取得汽車駕照了，但她就是不開車，寧可讓技術退化。總需安排時間，由我開車載她去大賣場，我負責推購物車，她負責採購，就這樣，三十年如一日。後來，如果偶爾由我獨自開車去購物，反而覺得怪怪的，好比職業司機漏接了他的乘客一樣。因此，相互依存的生活方式很有趣，那不用刻意去培養，卻是久而成自然。

　　我平日都埋首案前，專心做研究，等到成果一出來，大都要去大陸或韓國發表論文。幾乎每年發表一次。但由於早年太太必須忙於家務，以及孩子們年幼的原因，以致讓我單獨前往石家莊、承德、北京、廈門、北戴河、重慶、西安、漳州，以及南韓等地發表論文；後來家務的擔子日漸寬緩，我終於可以帶著太太隨行；這好比農作物經過耕作之後，有待兩人共同快樂採收。因此，有關學術活動，我和太太一起到過雲南、廣西、湖北、湖南、甘肅、河南、山西、河北、山東、內蒙古，以及哈爾濱、瀋陽，也順道去了一趟北韓。

較長期的，是住在北京師範大學做學術研究，或到內蒙古大學擔任客座教授，她都是「隨同眷屬」；這是我們一起互助和打拼的記憶。

我們所住宿旅館，在辦理退房之前，必定會整理乾淨，如同未曾被使用過，這是我太太日式的做法；這方面大大提升了我對她的依存度。至於在蒙古草原上，原本以我這個農村長大的野孩子而言，必然是和多數觀光客一樣買騎馬的票，但我太太不敢騎馬，我只好陪她買了雙人共乘的馬車票。那是由一位中年婦女牽著瘦弱的馬，拉著馬車緩緩前行；相較於騎馬的隊伍，坐馬車實在無趣。可是，我一方面從心中安慰自己，這是磨練我耐心的時刻；另一方面，因為太太使用基本款的方式而得以簡單地體驗草原風光，我為她感到高興。只要她開心，一切路途艱辛都煙消雲散了。

經過一番檢討，我得出篤定的答案：「我是一個多麼幸福的人！必須極力呵護和維持這種溫馨的現況。」本校工程學院的李主任曾轉述「高人」給我的提醒，要我勿犯禁忌，我由衷感恩。而我不必麻煩這位「高人」輔導我，我自信有能力解決問題。因此，我打電話給那一位天秤座的女生說：「我太太退休了，已經搬下來和我同住宿舍。她是天蠍座，妳會理解的。」說了這些話，從此兩人不曾相互聯繫，這也應該算是天秤人易知我心，令人感佩，最後果然兩人都平安無事。

總之，我認為「星座我」屬於「自然我」，「修為我」則屬於「文明我」。「星座我」在冥冥之中接受大自然的牽引，

某些星座的人彼此有一定的思惟模式，相知相惜，這固然是天作之合，順心可喜；但如果不考慮周遭實際情況，一味依賴星座取向，恐怕只會使人停留在「自然我」，而喪失自我卓越的機會。因此，若能修養自己，進化為「文明我」，則不僅周遭現況能保持圓融和諧，並且有機會使靈魂獲得昇華。而此刻的我，有義務，也很樂意昇華自己的靈魂。

第三三章　新階段，新旅程

2023 年 2 月 11 日，回南投老家，為了整理庭院景觀，我拿著鋸子鋸觀音竹，連續工作好幾小時。蹲著移動，蹲著鋸，結果左膝蓋受傷了，會突然間像觸電一樣，完全不受力。

很快地，左膝腫了起來，裡面似有積水，我到西藥房買酸痛藥布來貼，也就近去看中醫，治療一週，效果並不明顯。有同事告訴我，這種傷可能要一年以上的治療和休息才能恢復。我頓時覺得沮喪，這怎麼可以？我每週有二個晚上參加葉文寬老師的社團，練習太極拳和刀劍，總是樂在其中，如果必須停頓一年，那我無法接受。尤其是太極刀的「二起腿」，是要跳起來拍打眼前的球鞋，左膝一定要快快復原才可以。

觸電之痛，突如其來，前後共發作四次，那是非常可怕的，例如我走在校園的小徑上，突然左膝蓋不能動，一動就疼痛不堪，一個步伐也移不了。我單腳站立，左腳尖在旁邊輕輕點地。偶有學生或校外人士從身旁緩緩走過，我感到心慌，好丟臉，真不知如何是好。只好拿起手機，專注地看著，

手指滑呀滑，就是裝忙。我最擔心的是，如果正好走到紅綠燈下，即使綠燈亮起，我敢走過去嗎？萬一卡在路中間，那個無助又危急的當下，我該怎麼辦？

2月25日週六，第四次觸電之痛又發生了，我向太太表示只要能順利坐上車，我就能開車到林口，因為右腳可以活動自如。她聯絡我的次子，告知我的膝蓋情況，想讓他處理一下。

我的次子夫妻檔都畢業於長庚醫學院，兩人都擁有中西醫雙證照，現在是花蓮慈濟醫院的醫師。25日晚上，他們返回林口長庚旁邊住下，那是前不久我們兩老為年輕人另行購置的渡假小套房。26日上午，我一拐一拐地從住處走了十分鐘，搭電梯上樓找兒媳們。

兒子幫我找個方便治療的位置和躺椅，媳婦端開水來給我喝，用艾草燻我的腳底。接著兩人幫我把脈，一人抓一隻手；一會兒，兩人對調把脈；然後交換心得。先經過按壓和旋轉的步驟，再行針灸，從頭頂開始，直到腳背，膝蓋扎 2 針，全身上下總共灸了 17 針。治療完畢之後，他們要趕回花蓮繼續忙碌，所以介紹我回中南部去看他們的學長名醫，只看一次。

就這樣，很快地我回到太極拳社團，「鬆柔圓活，剛柔並濟；沾連黏隨，不丟不頂。」我更加勤練「推手」。也不光是站在旁邊看別人練刀劍，我自己的二起腿又重新跳起來了。

2023 年，兒子媳婦在臺北舉行以其同事同窗為主的祝賀婚宴，我夫妻倆開心步入婚宴會場，標誌了新的人生旅程。

2023 年 8 月 13 日，我在山西大學發表論文。也以 1993 年在河北石家莊「中國詩經學會」創會元老之臺籍學者身分，在開幕式中致辭。

我永遠謹記在心的一首西洋詩：

　　我心雀躍，當我看著
　　天上的彩虹，
　　在我生命起源時就是這樣。
　　現在我成年了，仍然未改變。
　　當我年老時，希望也是如此；
　　否則讓我死去。

——華滋華斯（William Wordsworth）〈彩虹詩〉

後　記

一、寫完本書之後，就篇幅比例而言，覺得關於我母親和我
　　太太的描寫太少了，感到有所歉疚。其實這二位是我人
　　生中最重要的兩個人，我母親活到 90 歲，她是：以生命
　　來深愛我；而我太太則是：深愛我如愛其命。此外，就
　　是我的姊姊和妹妹她們給我的、發自內心的愛與關懷，
　　當然那是來自我父母特別卓越的家教使然。家人真心誠
　　懇相處，可以帶來生活上的信心和幸福感，我有極深刻
　　的體會。

二、我總希望我的書可以帶給讀者快樂的心情，但實際上，
　　也許無法達成這個願望，甚至會讓某些讀者心情有點
　　沈，或覺得傷感，這當然是我極不樂見的。所幸，根據
　　近年化學家的研究，當人們因感情而哭泣時，這些眼淚
　　中含有有毒的化學物質，身體可藉著流淚而擺脫有毒的
　　化學物質以致讓人們減低罹患心臟病的機率。所以，偶
　　爾流淚，其實有益健康。果如其言，我前述的擔心似屬
　　多餘。

三、在目前國際化的趨勢之下，大學教師都必須配合「全英
　　文」政策。鑑於本書第一單元的末尾提到古音學的學術
　　資料，我擔心一般翻譯者因為不了解專業知識，以致無
　　法精準地使用最簡單淺白的字句幫我表達出來；因此，
　　我決定自己處理問題。今年七月下旬，我利用暑假期間，

全心全力將整本書用英文寫一遍。如果偶爾不採行直譯方式，也許是因為中西文化的差異（例如雙關語不管用）等原因，以致讓我不得不行使「原作者」的裁量權，而稍改句子。中文版的書名是《鹿鳴呦呦》，英文版的書名定為：*Deer Bleating Sound Yo Yo*。基於配合時勢，不揣淺拙使用英文書寫，實有拋磚引玉的用心，敬請賢達不吝指教。此外，我特別要感謝百度和 google，他們是我的諮詢對象。

－全文完－

國家圖書館出版品預行編目資料

鹿鳴呦呦 / 林葉連　著　—初版—

臺中市：天空數位圖書　2024.01

面：17*23 公分

ISBN：978-626-7161-86-9（平裝）

863.4　　　　　　　　　　　　　　113000066

書　　　名：鹿鳴呦呦
發 行 人：蔡輝振
出 版 者：天空數位圖書有限公司
作　　　者：林葉連
美工設計：設計組
版面編輯：採編組
出版日期：2024 年 1 月（初版）
銀行名稱：合作金庫銀行南台中分行
銀行帳戶：天空數位圖書有限公司
銀行帳號：006–1070717811498
郵政帳戶：天空數位圖書有限公司
劃撥帳號：22670142
定　　　價：新台幣 580 元整
電子書發明專利第　I　306564　號

服務項目：個人著作、學位論文、學報期刊等出版印刷及DVD製作
影片拍攝、網站建置與代管、系統資料庫設計、個人企業形象包裝與行銷
影音教學與技能檢定系統建置、多媒體設計、電子書製作及客製化等
TEL　　：(04)22623893　　　　　MOB：0900602919
FAX　　：(04)22623863
E-mail：familysky@familysky.com.tw
Https://www.familysky.com.tw/
地　　址：台中市南區忠明南路 787 號 30 樓國王大樓
No.787-30, Zhongming S. Rd., South District, Taichung City 402, Taiwan (R.O.C.)